자연이 표정을 바꿀 때

자연이 표정을 바꿀 때 - 개정판

발행일   2023년 12월 27일

지은이   정선영
펴낸이   손형국
펴낸곳   (주)북랩
편집인   선일영   편집   김은수, 배진용, 김부경, 김다빈
디자인   이현수, 김민하, 임진형, 안유경   제작   박기성, 구성우, 이창영, 배상진
마케팅   김회란, 박진관
출판등록   2004. 12. 1(제2012-000051호)
주소   서울특별시 금천구 가산디지털 1로 168, 우림라이온스밸리 B동 B113~114호, C동 B101호
홈페이지   www.book.co.kr
전화번호   (02)2026-5777   팩스   (02)3159-9637

ISBN   979-11-93716-06-9 03840 (종이책)   979-11-93716-07-6 05840 (전자책)

인간의 환경 파괴로 인한 전염병의 시대에
셸리, 제퍼스, 스나이더를 읽다

Ecodemic

자연이
표정을
바꿀_때

정선영 지음

Shelley, Jeffers, Snyder
: Ecological Poets and Inhumanists

문학비평 부문
베스트 20

주요 대형서점
MD 추천 도서

북랩

이 저서는 2012년 대한민국 교육부와 한국연구재단의 지원을 받아 수행된 연구 (NRF-2012H1A2A1001284)의 결과물을 수정·보완하여 출간한 것이며, 선정된 연구 제목은 〈셸리, 제퍼스, 그리고 스나이더의 인식과 실천에 관한 비교 연구〉이고 2016년에 제출된 연구 결과물의 제목은 「셸리, 제퍼스, 그리고 스나이더의 생태적 인식과 실천」임을 밝힌다.

이 저서에서는 시의 번역에 가능한 '윤문'을 하지 않았다. 첫 번째는 부족한 저자의 번역 능력이 그 이유이고 두 번째는 스스로 순수문학도나 창작형 인간이 아님을 알기 때문이었다. 원문에 섣불리 가감하고 싶지 않았다. 그리고 가장 중요한 세 번째 이유는, 여기서 언급한 시의 원래의 내용만을 가능한 직설적으로 전달하고자 하였기 때문이다. 다소 거친 번역에 미리 양해를 구한다. 결국, 세 시인들의 시적 특성과 그들이 지향하는 생태적 삶의 인식과 실천의 방향을 강조하기 위해, 가능한 시의 원어(만)를 그대로 옮기고자 하였음을 부족한 결과의 변명으로 남긴다.

실천은 곧 행동의 변화를 의미하며
이것은 변화의 가능성을 내포한다.

모든 변화는
그 결과가 단숨에 드러나지 않을 수는 있으나
의식의 변화가 시작되는 순간은
실천으로의 영향력을 행사할 수 있는
임계점(critical point)이 된다.

추천사

    동서고금을 통하여 자연의 가치와 덕목을 예찬하지 않은 시인들은 없을 것입니다. 그러나 오늘날의 환경 문제를 예견하고 날선 감성과 이성으로 인간의 이기적인 문화를 질타하는 지성의 목소리가 지구상에 퍼지기 시작한 시기는 그리 오래되지 않습니다.

    현재의 위기는 세태를 탓하기 전에 자의건 타의건 인문학적 상상력이 사회 현실을 도외시하여 자초한 결과라고 믿습니다. 이 믿음이 틀리지 않다면, 환경 문제라는 우리 시대의 심각한 화두를 연구 과제로 선택한 연구자의 통찰력은 귀한 평가를 받아 마땅합니다.

    이 책은 세 시인 셸리, 제퍼스, 스나이더의 자연관을 심층적으로 분석하여 그것들 사이의 차이를 드러내고자 시도합니다. 선정한 개별 작가들의 자연관을 드러내려는 연구의 시도들은 있었으나 정작 세 작가의 비교 연구는 없었고, 더구나 그들 자연관 사이에 존재하는 차이의 의미를 분석한 연구 결과가 없었다는 점에서 이 주제는 그 창의성을 확보한다고 봅니다. 생태비평계와 대중을 위한 인문학을 위해서도 작지 않은 공헌이 기대됩니다.

\- 강용기

(전남대 명예교수, 前 한국문학과환경학회 회장)

셸리, 제퍼스, 스나이더
: 비인본주의 시인들

인류가 오늘날 문명의 진보와 생활의 발달이 야기한 자연 파괴의 위기에 직면해 있으므로, 시인과 작가들은 환경 문제에 대해 깊은 관심과 우려를 표명하고 있다. 따라서 환경은 동시대의 최대 관심사 중 하나로 떠올랐고 자연생태는 자연과학 연구자뿐만 아니라 인문학 연구자에게도 중요한 의의를 지닌 주제가 된다.

이 책은 낭만주의 시기에서 현재까지를 아우르는 영미권의 세 시인, 퍼시 셸리(Percy B. Shelley, 1792~1822), 로빈슨 제퍼스(Robinson Jeffers, 1887~1962), 개리 스나이더(Gary Snyder, 1930~)의 시와 산문에 나타난 생태적 인식 또는 환경적 인지를 탐구하려는 시도이다. 현재까지 셸리는 무정부주의자로, 제퍼스는 급진적인 비인본주의자로 그리고 스나이더는 환경 운동가이자 포스트휴머니스트로 일컬어진다. 그러나 세 시인의 작품과 삶을 면밀히 고찰해 보면 비록 시간과 공간의 간극이 있다 할지라도, 그들은 작품 창작과 사회활동을 통해 인간중심주의에 문제를 제기했다는 공통점을 발견하게 된다.

이 책은 영국 낭만주의의 대표 시인 셸리, 20세기 미국의 환경 인식에 초석을 이룬 제퍼스, 지금도 부단히 환경 운동을 전개하고 있는 스나이더의 자연에 대한 인식과 실천 양상을 생태비평의 관점에서 분석하였다. 이들의 문학과 삶에 환경 문제의 해결을 위한 인본주의적 맥아가 상호 유기적으로 존재하고 있다는 점에 논의의 초점을 두고, 다음과 같이 논의를 전개하였다.

Part 2에서는 셸리의 생태적 인식과 실천의 방식이 현대 사회에도 중요한 혜안을 제공하고 영향력을 발휘함을 고찰하였다. Part 3에서는 제퍼스의 생태적 인식과 실천을 비인본주의자의 실천적 명상이라는 주제로 논의하였다. 제퍼스의 중심 사상을 무심과 비중심화의 생태성이라는 측면에서 고찰하였다. Part 4는 스나이더의 인식과 실천이 생태적 공생을 향한 비인본주의적 실천의 사례라는 점에 초점을 두었다. 스나이더는 우리 동시대의 환경 위기에 첨예한 관심을 보이는 현존하는 자연기 작가라는 점에서 셸리와 제퍼스가 추구한 인식과 실천의 지향점이라고도 할 수 있다. Part 5에서는 앞에서 고찰한 일련의 연구 과정과 그 결과를 종합 정리하고, 위기에 처한 자연환경 문제의 인문학적인 해결 방안을 셸리, 제퍼스, 스나이더의 생태적 인식과 실천의 방식을 통하여 모색하였다. 이러한 이 연구의 결과는 생태비평의 한 갈래인 심층생태주의가 표방하는 핵심 가치가 낭만주의자 셸리의 상상력을 공유하고 있다는 재평가의 의미까지 지닐 수 있다. 이 책은 인간이 모든 만물의 중심이라는 관점에서 벗어나 오히려 인간이 생명 존립의 열쇠를 쥔 자연과 공존해야 한다는 셸리, 제퍼스, 스나이더의 인식과 실천이 비인본주의적 양상을 공유하고 있다는 점을 탐구하기 때문이다. 이는 결과적으로 생태비평의 형성에 있어서 세 시인이 공통적으로 주목한 시인의 역할 및 책무가 무엇인지를 점검하고 현재에도 이어지고 있는 이들의 영향력을 강조하며 재발견하는 작업이라고 하겠다.

또한 이 책은 세 시인이 강조한 시인의 역할 및 책무에 대한 탐구이자 시도이며, 이는 미국과 영국 사이에 존재하는 시공간의 간극을 넘어 공유되어 온 심층생태적 사유의 연관성을 토대로 하였다. 환경 문제에 관한 한 인문학은 대중에 대한 환경적 인지의 문제를 염두에 두어야 한다. 미래를 위한 변화를 예견하거나 지향하고 작품과 삶에서 이를 보여 주는 인물들을 새롭게 발굴해 내는 일은 인문학 연구자에게 중요한 책무라고 믿는다. 영미 문학계의 시인들 중에서 셸리와 제퍼스 및 스나이더는 더 나은 세상을 향한 이상향을 주장하고 실천적 의지를 보여 주었다는 사실에서 생태비평의 핵심적 인물이라고 할 수 있다. 따라서 생태비평의 흐름에 영향을 준 세 시인의 인식을 차례로 살펴보고 이들의 공통점을 발견하며 그들의 이론가로서의 모습뿐 아니라 실천가로서의 삶이 보여 주는 가치를 드러내는 데 이 책의 핵심이 있다.

현대영미시와 생태비평 분야에서도 새로운 시도인 이 연구를 지원해 준 교육부와 한국연구재단에 감사드린다. 이 연구의 가능성을 평가해 주신 교육부 글로벌박사펠로우십사업 선정 위원단의 익명의 패널단과 선정위원들, 단계 평가 심사에서 긍정적인 피드백과 함께 격려해 주신 두 패널께도 감사드린다. 특히, 글로벌박사펠로우십 사업의 지원 위원장이셨던 한국뇌연구원 서판길 원장님께도 감사드린다.

연구에 직접적으로 도움을 주신 분들께 늦은 인사를 드린다.

영문학에 처음 입문했을 때, 저명한 번역가이자 비평가이신 김욱동 교수님께 도움을 받았다. 영문학도가 읽어야 할 영문학 고전들을 골라 추천해 주셨던 선생님께 감사드린다. 비교문학적 관점의 연구 방법을 소개해 주시고 격려해 주신 저명한 문학비평가 권택영 교수님께도 감사드린다. 두 분을 알고, 뵐 수 있었던 것은 행운이었다. 늦은 인사를 드리고 싶다.

생태비평이라는 다소 비주류인 분야임에도, 연구의 가능성을 믿어 주시고 주제를 선정하는 데 도움을 주신 강용기 교수님과 故 양승갑 교수님, 서투른 연구자를 격려해 주시고 결실을 맺도록 도와주신 최영승 교수님, 나희경 교수님, 김재봉 교수님께도 감사드린다. 연구 결과를 정리할 때에 흔쾌히 도움을 주신 김아연 박사님께도 감사드린다.

이 연구에 필요한 자료와 사료들을 알려 주시고 제공해 주신, 저명한 문학비평가인 영국 요크대학교의 매튜 캠벨(Prof. Matthew

Campbell) 교수님과 주한미국대사관 아메리칸 센터의 김수남 관장님께도 감사드린다. '개리 스나이더 연구자'라는 사실만으로도 관심을 가져 주시고 따뜻하게 격려해 주신 패트릭 머피(Patrick D. Murphy) 교수님께도 감사드린다.

퇴직하신 미국 사우스캐롤라이나 주립대학교 EPI 센터의 홈즈(Dick Holmes) 선생님께 특별히 감사드린다. 한국문학과환경학회의 존재는 연구 기간 내내 소중했으며 든든했다. 신두호 교수님의 따뜻한 조언을 기억하고 있다. 늦었지만 감사 인사를 드리고 싶었다. 연구 기간 내내 관심을 가져 주시고 격려해 주신 송현종 교수님, 최혜승 교수님께 늦은 인사를 드린다. 내가 연구자라는 것을 이 두 분을 통해 알게 되었다.

KBS 박성용 프로듀서님, 퇴직하신 박말숙 선생님의 우정과 애정에 감사드린다. KGPF의 동료 펠로우인 친구 최일용 박사의 존재와 우정에 고마움을 전하고 싶다.

그리고 이보다 먼저, 학부생이었을 때 염민호 교수님을 알게 된 일은 이후에도 두고두고 기억에 남았다. 교수님과의 만남은 연구자의 길 앞에서 진로를 결정하는 데 큰 역할을 했다.

스승이자 좋은 멘토가 되어 주신 이 모든 분들이 계셔서 이 연구를 진행할 수 있었다.

세상을 바꾸는 힘은 결국 개개인의 의식의 변화에 기인한다. 최근의 세계적 전염병 사태를 통해 경험했듯이 지구 공동체의 회복과 유지를 위해서는 모두의 협력과 상생 의지가 요구된다. 생태적 회복과 조화를 꿈꾼 세 시인들, 셸리, 제퍼스, 스나이더의 생태적 인식과 실천에 관한 연구가 환경 위기의 시대, 생태적 회복과 조화를 향한 인문학적 실천의 한 시도로서 작은 쇄석이 되기를 바란다.

무엇보다 이 연구를 가능하게 해 준 세 시인들의 존재에 감사하며, 우주를 이루는 모든 점들 — 하늘, 바람, 별 그리고 모든 생명체에게 축복을.

2023년 12월
정선영

차례

서론

: 세상의 중심은
자연이다

자연은 인류 역사와 함께 문학에서도 오랫동안 예찬의 대상이 되어 왔다. 하지만 문학가들이 자연환경의 위기를 예견하고 이 위기의 근원인 인간 중심의 세계관을 비판하기 시작한 것은 비교적 최근의 일이다. 시인과 작가들은 문명의 진보와 생활의 발달이 야기한 자연 파괴의 위기에 직면해 있는 오늘날의 환경 문제에 대해 깊은 우려와 관심을 표명하고 있다. 21세기 환경의 위기에 관한 문제는 자연과학 연구자뿐만 아니라 인문학 연구자들에게도 중요한 주제가 된다. 철학의 한 갈래인 환경 철학은 환경 위기의 문제가 산업, 문명사회 및 인간중심적 사고방식에서 비롯했다고 진단하고, 인간중심주의(anthropocentrism)에서 탈인간중심주의(non-anthropocentrism)로의 전환이 필요하다고 보았다. 환경 문학 혹은 생태 문학의 정전으로 자리 잡은 소로우(H. D. Thoreau, 1817~1862)의 『월든(*Walden*)』 이후, 레오폴드(Aldo Leopold, 1887~1948)의 『샌드 카운티 연감(*A Sand County Almanac*)』과 카슨(Rachel Carson, 1907~1964)의 『침묵의 봄(*Silent Spring*)』과 같은 저작은 1970년대 미국에서 환경 운동을 촉발시키는 계기로 작용했다. 이 시기에 포어먼(Dave Foreman, 1947~) 등을 중심으로 전개된 "지

자연이 표정을 바꿀 때

구 먼저!(Earth First!)" 운동이나 애비(Edward Abbey, 1927~1989)가 『몽키 렌치 갱(*The Monkey Wrench Gang*)』과 같은 작품 등을 통해 주도한 다소 과격한 환경 보호 활동이 일부 대중들에게 호응을 얻기도 했다.

그런데 환경 철학이 대두된 지 무려 40여 년이 지난 지금, '생태 비평이 보다 구체적이고 실천적인 측면에서 환경 운동의 확산에 필요한 인문학적인 생태 인식과 실천 의식을 고양시켜 왔는가? 나아가 실제 개개인의 환경적 인지(environmental awareness)에 지속적 영향을 미쳐 왔는가?'라는 질문에 명확한 답을 기대하는 것은 어려운 실정이다. 1970년대 환경 운동의 시작과 더불어 '심층생태주의(Deep Ecology)'*라는 용어가 탄생한다. 심층생태주의는 네스(Arne Naess, 1912~2009)가 논문 「표층적인 것과 심층적인 것, 장기간에 걸친 생태 운동(*The Shallow and the Deep, Long-Range Ecology Movement*)」에서 밝힌 근본 원리에서 출발하고 있다.[1] 네스는 심층생태주의를 생명체나 개인을 개별적인 존재로 보지 않고 "상호 연관된 전체적인 장(場)"으로 본다. 아울러 네스는 생태계에 속하는 모든 생명체들은 동등한 권리를 가지고 있다는 "생명권 평등주의"의 원리, 그리고 "다양성과 공생의 원리"[2]를 지지하고 있다.

자연과 인간의 상호 연관성 및 상호 존중을 통한 공존의 필요성

---

* "Deep Ecology"는 심층생태학, 심층생태론, 심층생태주의 등으로 번역되고 있다. 이 책에서는 문맥상 구별하여야 하는 경우를 제외하고 심층생태주의로 통일하여 쓰기로 한다.

은 각각의 생활양식이나 문화의 다양성을 인정하는 인식에 기반하고 있다. 이와 관련하여 글롯펠티(Cheryll Glotfelty)는 생태비평을 문학 이론으로 보아 작가, 텍스트 및 그 세계 사이의 관계를 탐구하는 것으로 간주하고, 사회 생태계(social sphere)를 포함하는 지구 생태계 전체를 "세계(the world)"라는 개념으로 설정하였다.[3] 또한 글롯펠티는 이 세계의 영역을 "에너지, 물질, 그리고 아이디어"까지로 폭넓게 설정하였다.[4] 여기서 환경 위기에 대한 인문학적 실천 담론은 프롬(Harold Fromm)이 지적하는 것과 같이, 이 실천의 문제를 생태적인 문제로 간주하기보다는 존재론적 문제로 보아야 하기 때문에 시스템의 전환보다 인식의 전환이 우선되어야 할 것이다.[5]

이 책은 영미권의 세 시인, 셸리, 제퍼스, 스나이더의 시와 산문을 통해 드러나는 생태적 인식을 관찰하고 비교하는 데에 목적이 있다. 이들 세 시인은 자연에 관한 접근법과 인식에서 각자 고유한 방식을 보여주고 있다. 셸리는 플라톤(Plato) 및 루소(Jean-Jacques Rousseau)의 맥을 잇는 혁명적 낭만주의 시인이면서 탈인간중심주의자 또는 무정부주의자(anarchist)로 일컬어진다. 제퍼스는 19세기 초기의 대표 시인으로 인간성 자체를 거부하는 급진적인 '비인본주의자(inhumanist)'*로 알려져 있다. 스나이더는 제퍼스의 영향을

---

* 그간 '비인간주의'로 번역되었던 'Inhumanism'이라는 용어에 대한 국문 표기는 이 책에서 '비인본주의'로 통일하여 사용하는 것을 제안한다. 단, 반드시 필요하다고 판단되는 부분에서는 '비인간주의'로 언급한다. 이 용어의 타당성에 대해서는 Part 3에서 부연하여 설명한다.

받은 시인이자 환경 운동가로서 포스트휴머니스트(post-humanist)'*
로 일컬어지며 인간과 자연 사이의 균형을 추구하는 사상가이기도
하다. 이들 문학가들은 활동 시기와 지역에서 시간적·공간적 간극
을 보이지만, 문학 작품 발표와 사회 활동을 통해 인간중심주의에
자연과의 공생이 배제되어 있음을 문제로 제기해 왔다는 공통점이
있다.

낭만주의 시인들 중에서 셸리는 플라톤주의적(platonic) 의식, 혹
은 더 나아가 신플라톤주의적(neo-platonic) 의식을 지닌 급진주의
자로 회자되기도 했다. 셸리의 시 세계는 플라톤의 이데아(Idea)처
럼 '진리'나 '이상 세계' 등으로 일컬어질 만큼, 셸리는 낭만주의적이
고 플라톤주의적인 성향을 지닌다고 인식되어 왔다. 그런 셸리는
사후 한 세대가 지나기 전까지는 정당한 평가를 받지 못했다. 셸리
의 작품 대부분이 출간되지 못했을 뿐만 아니라, 작품 내용의 난
해함으로 인해 비평가들 사이에서도 해석이 분분했기 때문이다.
블룸(Harold Bloom)과 같은 저명한 비평가들이 셸리의 신화적 상
상력을 비롯해 그 현대적 의식과 사상을 재조명하기 시작한 20세
기에 이르러서야 셸리의 시 세계와 문학적 가치에 대한 재시도와
평가가 이루어지기 시작했다.

셸리는 일반적으로 낭만주의 시인이면서 무정부주의자로 분류

---

* 여기서 'Post-humanism'는 이 책의 전체적인 요지와 연구 대상이 되는 세 시인의
유사성을 '생태중심주의(eco-centrism)'를 위한 비인본주의로 수렴하여 '비인본주
의'로 표기한다.

되고 있다. 하지만 셸리의 많은 작품들이 인간과 자연과의 관계에 초점을 둔 점을 고려할 때, 셸리는 심층생태학자(Deep ecologist)로 분류될 수 있다. 특히 잘 알려진 셸리의 『해방된 프로메테우스(Prometheus Unbound)』와 『맵 여왕(Queen Mab)』, 그리고 산문 『시의 옹호(A Defence of Poetry)』와 같은 작품들이 넓은 범위의 생태비평적 접근의 단초가 되는 상징과 의미들을 담고 있다. 셸리의 시와 작품을 통해 규명되는 생태적 상상력은 셸리를 현대적 시인으로 평가할 수 있는 또 다른 근거가 된다. 따라서 셸리의 작품은 대중에게 알려져 지속적으로 읽히고 해석될 만한 가치가 있다.

유럽이나 북아메리카 대륙은 동양의 입장에서는 모두 서양에 속하기 때문에, 유럽에서 출발한 낭만주의 문학의 사조가 이후 미국으로 건너간 일은 동일한 문화권 내에서의 공간 이동이자 지역적 확산일 뿐이다. 특히 셸리에 관한 국내 연구는 현재까지 대부분 유럽 대륙과 영국이라는 지역적 구획 내에 한정되어 있다. 셸리에 관한 연구가 지역적 특성과 19세기 시대 상황의 언급에 그친 점은 그간 다소 근시안적으로 셸리 연구가 진행되어 왔다는 사실을 말해 준다. 그러나 미국 내에서는 블룸, 모튼(Timothy Morton)과 같은 저명한 비평가들이 셸리에 관한 심도 있는 연구를 계속하고 있고, 셸리 전문학술지 《키츠-셸리 저널(The Keats-Shelley Journal)》을 발간하는 미국 키츠-셸리 협회가 1949년 창립 이후 현재까지도 활발하게 활동하고 있는 점은 셸리 연구자들에게 고무적인 일이다.

셸리와 유사하게, 20세기의 미국 시인인 제퍼스도 그가 활동했

자연이 표정을 바꿀 때

던 시기에는 탁월한 시인 중 한 사람으로 인정받았으나 타계 후 그 평가가 극단적으로 변화한 바 있다. 지금까지 '비인간주의'로 번역되어 왔던 제퍼스의 '비인본주의'는 인간이 세상의 중심이자 만물의 중심이라는 이전의 인식을 바꾸는 내용을 담고 있었다. 그러나 영미문학사적으로 볼 때, 제퍼스가 인간중심적인 사고의 틀을 바꾸었다는 점에서 소로우 이후 근대의 낭만주의 문학과 오늘날의 생태 문학 사이의 연결점을 구축했다고 평가할 수 있다.

20세기 중반, 생태비평의 도래와 더불어 인간과 자연의 관계에 대한 재설정의 문제가 깊이 있게 논의되기 시작했다. 이러한 상황에서 제퍼스의 비전은 그의 비인본주의와 더불어 새롭게 인식되기 시작하였다. 제퍼스의 작품과 생애는 종종 심층생태 시인이자 사상가인 스나이더와 비교되고 있다. 제퍼스와 스나이더의 비인본주의는 비평가들 사이에서 여전히 논의되고 있는 쟁점이지만, 이 연구에서는 이 두 시인의 비전이 동일한 뿌리를 두고 있으며 각각의 방식으로 심층생태적 사유를 보여 주고 있음을 증명하고자 한다.

스나이더는 생태에 대한 인식을 일깨우는 시 창작을 하는 한편 스스로 친생태적인 생활을 실천하고 있다. 스나이더는 고도화된 서구 문명이 인간성의 황폐를 가져올 것이라고 진단하고 시와 산문뿐만 아니라 많은 인터뷰와 강의를 통해 환경 위기를 경고해 오고 있다. 시인의 시와 산문에는 자연에 대한 깊은 명상과 통찰, 자연 파괴와 환경오염이 낳은 생태 위기에 대한 분노와 절망, 그리고 문명에 대한 비판이 나타난다. 동양의 선불교(Zen Buddhism) 사상,

생태학, 그리고 북미의 토착 문화 등이 스나이더의 사유의 배경에 자리 잡고 있다. 이러한 종교적·학문적·문화적 배경은 모두 그의 인생 전체에 걸친 다양한 경험과 깊은 사유에서 비롯되었다. 자연을 보는 인식의 전환을 추구하는 스나이더의 시의 특성과 문명 비판적 관점은 심층 생태학과 깊은 연관이 있고, 자연과 인간은 결국 하나라는 관점에서 선불교 정신이 드러나며, 생태 거주지에서의 공동체적 삶을 추구한다는 측면에서 북미 토착 문화 정신과 그 맥을 같이한다.

스나이더의 초기 작품들은 주로 산업사회와 문명의 문제를 다루고 있다. 스나이더는 야생에서의 거주를 실천한 이후 자신의 삶에 관한 깊은 성찰과 명상을 작품을 통해 드러내고 있다. 퓰리처상 (The Pulitzer Prize) 수상작인 시집 『터틀 아일랜드(*Turtle Island*, 1974)』와 『무성(*No Nature*, 1992)』에서 스나이더는 이상적인 거주지를 제시하고 있다. 스나이더가 추구하는 이상향은 모든 생명체들이 하나의 공동체를 이루는 이상적인 공간으로 북미 원주민들이 미국 대륙을 일컬었던 '터틀 아일랜드'에서 개념을 빌려온 것이다. 스나이더가 문명의 이기를 멀리하고 시에라네바다 산맥 지역의 킷킷디지(Kitkitdizze)에 거주하고 있다는 사실은 그의 생태 운동가로서의 실천적인 면모를 강조하기에 충분하다. 또한 지속 가능한 지구 생태계를 위한 대안인 새로운 거주지에서의 삶을 실천해 오고 있다는 점에서 스나이더의 역할이 크다. 이 책은 이와 같은 스나이더의 인식이 비인본주의적 사고방식과 새로운 세상에 대한 변화의 욕구이자 저항 의식이라는 면에서 셸리, 제퍼스의 인식 및 실천의 양상과도 유사점이 있음을 밝히고자 한다.

이 책에서 생태적 거주란 자연과 인간의 관계를 새롭게 정립하고 공생하며 공존하는 형태의 공동체적 삶을 일컫는다. 이는 심층생태주의자들이 기본 원리로 표방한 생명권 평등의 핵심과도 연결된다. 이상적인 거주의 형태란 문명으로 인한 기계 기술의 개발이 아니라, 우주 속 한 행성, 지구에 사는 인간이 수천 년 전 자연 상태의 흐름과 시스템을 거스르지 않고 자연에 순응하여 자연의 일부로 거주하는 "생태적 회복과 조화"를 통해 온전한 전체의 모습을 회복하는 것[6]을 의미한다.

스나이더가 야생에서의 삶을 실천하기 위해 의도적으로 산등성이를 택하여 생태적 거주를 실천하는 사례와 제퍼스가 아내를 위해 자연과 가까운 해안에 집을 짓고 살게 된 경우는 분명 의도가 다른 출발이다. 그러나 "카멜-바이-더-시(Carmel-By-the-Sea, 이후 '카멜'로 줄여 쓰기로 함)과의 만남과 그곳에서의 삶이 제퍼스에게는 새로운 시 창작(詩作)의 장소가 되었다는 것"[7]은 분명하다. 제퍼스의 카멜 이주와 은둔에도 스나이더와 같은 맥락의 '의도성'이 존재하는 것이다. 이는 두 시인을 생태적 사유와 실천이라는 관점에서 파악할 수 있는 중요한 공통분모이다.

현재까지 심층생태주의의 주요 사상가로 인정받고 있는 스나이더에 관한 연구에 비하여, 스나이더의 사유에 영향을 준 제퍼스에 대한 연구는 미흡하다. 셸리에 관한 연구 역시 시인의 플라톤적 사유에 기반을 둔 이상주의에 경도되어 생태적 인식과 실천에 관한 부분을 동시에 조명하려는 시도는 부족하다. 따라서 이 책은 생태적 사유와 실천에 관한 이론적 측면뿐만 아니라 인문학적 사유의 방식에도 초점을 맞추고자 한다.

국내에서 셸리에 관한 학위 논문과 연구는 학계에 꾸준히 제출되고 있다. 박사학위 논문은 총 9건으로 그 중 가장 최근의 논문은 2009년에 발표되었으며,* 석사학위 논문은 1983년부터 현재까지 지속적으로 발표되어 왔다. 셸리에 관한 연구의 핵심어는 '이상주의', '개혁사상', '자아', '사랑' 등이었다. 이 주제 외에, 후기 구조주의와 생태학적 전망을 주제로 현대적 관점에서 셸리의 시를 다룬 논문이 있다.** 인간중심주의적 사고에서 '생태 중심(ecocentric)'으로의 인간 정신의 극적인 변화를 일컫는 심층생태주의가 태동한 이후 국내에 생태주의의 영향이 미치기 시작한 시기는 1990년대 이후인데 셸리의 생태적 인식을 다룬 박사학위 논문은 1편에 불과하다.

현재 셸리에 관한 학술연구 논문은 전문학술지를 통해 꾸준히 발표되고 있다.*** 이 중 셸리의 생태적 인식에 관한 연구논문은 「셸리의 생태학적 이상」(2003)과 「생태적 사상가로서의 시인의 책무」

---

* 총 10건 중, 셸리 연구의 국내 최초의 박사학위는 이풍우의 「Shelley 詩에 나타난 善惡의 問題」이며, 최근 학위 논문은 박현경의 「『서곡』, 『해방된 프로메테우스』, 『오로라 리』에 나타난 양성성 연구」(2009), 박경화의 「셸리 시의 사회 개혁 사상」(2009)이다.

** 양승갑, 「후기구조주의적 관점에서 본 셸리(Percy B. Shelley)의 시」(1997). 김천봉, 「셸리 시의 생태학적 전망」(2005).

*** 셸리와 관련한 학술 논문이 실린 학술지는 『한국예이츠 저널』, 『영어 영문학』, 『영어영문학연구』, 『19세기 영어권 문학』 순으로 많았다.

자연이 표정을 바꿀 때

(2013)가 있고, 단행본은 『셸리 시의 생태학적 전망』(2006)이 있다. 2000년 이후, 논문 「셸리의 생태학적 이상」과 책 『셸리 시의 생태학적 비전』은 셸리 연구에 대한 새로운 관점을 제시하기 시작했고 보다 최근 것으로는 생태 사상가로서의 셸리를 강조한 필자의 논문이 있다.*

셸리의 창작 활동 시기인 19세기와의 시간적 거리에도 불구하고 국내에서 셸리의 사상과 작품에 대한 연구가 지속되고 있다는 점을 확인할 수 있다. 이 사실은 셸리의 작품과 사상이 현대적 관점에서 논의할 만한 가치가 충분함을 입증한다. 블룸은 셸리를 서양의 문학 전통을 잇는 위대한 시인의 하나로 평가하고 무려 140여 년간 그에 대한 평가가 전무했다고 진단하면서 셸리와 그의 시에 대한 관심을 촉구한 바 있다.[8] 셸리의 생태적 인식에 관한 해외의 연구는 셸리의 현대성에 주목하며 셸리를 생태주의자로 검증하는 시도는 모튼을 중심으로 지속되고 있다.

제퍼스의 자연친화적 인식은 알려져 있다. 그러나 미국 정부에서 발간한 『미국의 문학(*Outline of American Literature*)』은 제퍼스를 당대에 활발하게 활동했던 극작가로 언급하고 있고,[9] 국내에는 아직까지 제퍼스의 사상에 대해 논의한 학위 논문이 없다. 1964년에 첫 학술 논문이 발표된 이후, 1998년과 2003년에 제퍼스에 관

---

* 정선영, 「생태적 사상가로서의 시인의 책무: 셸리의 『시의 옹호』와 스나이더의 『우주의 한 마을』을 중심으로」, 『문학과 환경』(2013). 셸리의 『시의 옹호』에 대한 관심이 높음에 비해 셸리 시의 주제를 시인의 책무로 한 연구는 없었다는 점에 이 연구의 의의가 있다.

한 추가 논문이 나왔다. 제퍼스 사후 40여 년이 지나고, 환경 운동과 생태 문학에 관한 실천적 연구의 필요성이 제기되기 시작한 1970년대를 기점으로 30여 년이 지난 후 비로소 제퍼스에 관한 국내 연구가 시작된 것이다. 제퍼스에 관한 전문 학술 논문 10편 중에서는 생태적 인식과 동양적 관점에서 그를 분석한 논문이 특히 눈에 띈다.

해외의 경우에도 제퍼스만을 연구한 성과는 그 수가 많지 않다. 제퍼스를 다룬 박사학위 논문의 대부분은 미국의 자연주의 문학이나 자연 시인이자 심층생태 시인의 비전에 초점을 두고 있다. 제퍼스와 관련된 연구 성과에 나타난 연구 방향은 그의 사유와 실천을 짚는 데에 유용하다.

스나이더의 시와 삶은 심층생태학적 의식에 기초한 사유와 실천이라는 측면에서 주목받고 있다. 국내외에서 비교적 활발하게 논의되는 스나이더 연구는 대부분 스나이더의 인식과 이상향, 환경주의자로서의 스나이더의 정치성 등에 초점이 맞추어져 있다. 해외에서는 지난 50여 년간 많은 연구자들이 스나이더의 인식과 이상향에 관한 연구로 박사학위를 취득하였다.* 스나이더에 관한 국내

---

* 스나이더 연구 센터(The Center for Gary Snyder Studies)에 따르면, 1971년을 기점으로 현재까지 미국에서 박사학위를 취득한 연구자는 약 70여 명으로 이 중 캐나다 학자 2명을 비롯해 스웨덴, 영국, 일본 학자가 각 1명씩이다. 한국 학자는 강용기, 김은성, 전득주, 박병국이며, 이들은 모두 비교문학적 측면에서 스나이더를 연구했다. 스나이더 자신이 교수로 재직한 데이비스 대학교(University of California, Davis)와 대표적 스나이더 비평가 머피(Patrick D. Murphy)가 재직했던 인디애나 대학교(Indiana University of Pennsylvania)에서 박사가 상대적으로 더 배출됐다. 국내 박사학위 논문들은 스나이더 센터에 등록되어 있지 않다.

연구는 해외에서 박사학위를 취득한 강용기, 김은성 등과 생태 문학과 비평에 관한 논문들을 발표한 김원중, 구자광, 김구슬 등에 의해 이루어져 왔고, 최근에는 보다 확장된 주제의 연구들도 시도되고 있다. 스나이더에 관한 연구는 스나이더가 시인으로 데뷔한 1950년대부터 시작되었고, 머피(Patrick Murphy), 헌트(Anthony Hunt), 고너먼(Mark Gonnerman) 등은 스나이더의 작품의 가치를 평가해 온 비평가로 알려져 있다.

지금까지 이 연구의 출발점이 되는 연구 배경을 언급하고, 셸리, 제퍼스 그리고 스나이더의 생태적 인식과 실천에 관한 연구 성과를 검토하였다. 이 책은 그간의 연구 성과를 토대로 셸리, 제퍼스, 스나이더의 생태적 인식이 비인본주의를 공통분모로 한다는 사실에 주목하고, 이들의 인식과 실천 양상을 고찰하고자 한다. 나아가 이 책은 각 시인의 문명, 자연, 우주에 관한 사유를 통해 자연스럽게 낭만주의적 자연관(romantic view of nature)에서 현재의 심층생태주의까지의 흐름을 개관하고자 한다. 그리하여 세 문학가가 공통적으로 주목한 시인의 역할과 책무를 규명하고 이들이 생태비평의 형성에 미친 영향력을 살펴보고자 한다.

아울러 이 책은 미국과 영국, 낭만주의 시기에서 현재까지 시간과 공간의 간극을 뛰어넘어 공유되어 온 심층생태적 사유의 연관성을 점검하고자 한다. 21세기의 인류가 직면한 환경 문제의 해결에 대한 인식론적 측면에서의 중요성은 이 주제의 시의성과 창의성을 담보해 줄 것이다. 특히, 셸리, 제퍼스, 스나이더 등 세 시인은 일상생활에서도 자신들의 생태적 인식을 각자의 방식으로 실천하였으며, 대중들에게 각각 무정부주의자, 비인간주의자, 비인본주의자로 불리고 있는데, 그들의 이러한 삶에는 환경 문제의 해결을 위한 실천으로서의 인본주의적 방법론이 존재하고 있음을 명시한다.

이 책은 각 시인의 주요 작품을 중심으로, 인터뷰, 일기, 편지 및 비평 자료를 연구 대상으로 선정한다. 이 자료를 통해 서양 문학의 근간을 이루는 문화적, 역사적, 문학적 측면에서의 심층생태학적 인식과 실천 양상을 살펴보고자 한다. 이 책은 이상의 목적을 달성하기 위해 다음과 같이 논의를 전개하기로 한다.

Part 2에서는 세 시인 중에 시대적으로 가장 앞선 셸리의 인식과 실천에 관해 고찰한다. 『해방된 프로메테우스』와 『맵 여왕』을 중심으로 셸리의 자연친화적 인식 전반을 추론해 볼 수 있는 짧은 시들과 작품들을 살펴본다. 셸리가 가장 강조해 온 시와 시인의 책무가 집약된 시론 『시의 옹호』가 현대적 심층생태 시인의 인식과 실천이라는 주제와 어떠한 연관을 맺고 있는지를 규명한다. 이러한 작업은 셸리의 생태적 인식과 자신의 삶을 통한 실천의 방식이 현대적인 관점에서도 중요한 혜안을 제공하고 영향력을 발휘하고 있다는 근거를 찾는 과정이라 할 수 있다.

Part 3에서는 제퍼스의 인식과 실천을 중심으로 논의를 이어간다. 이를 위해 제퍼스의 연구에 관한 국내외 연구 동향의 특징에 대해 간략하게 검토한다. 제퍼스는 환경 운동의 초석을 제공한 심층생태주의의 중추적 인물로 인정받고 있다. 그럼에도 제퍼스에

관한 국내외 연구는 지난 반세기 동안 거의 전무했는데, 이러한
사실을 환기시키고 그에 대한 재평가와 연구의 필요성을 확인하
기 위해서이다. 이 책은 제퍼스 작품에 관한 연구를 위해『제퍼스
전집(*The Selected Poetry of Robinson Jeffers*, 2001)』을 논의의 기초
자료로 삼는다. 제퍼스의 사상에 관해서는 그간 "비인간주의 혹
은 반인간주의" 등으로 번역되어 인간 자체를 거부한 것으로 해석
되어 온 입장과 다른 관점에서 논의하고자 한다. 이 책은 제퍼스
사상의 비인본주의적 양상을 밝힌다는 측면에서 선행 연구와 변
별된다.

　Part 4는 스나이더의 사상과 실천을 밝힌다. 스나이더는 현존하
는 사상가이므로 이 책은 현재까지 출간된 시집들과 그의 핵심 사
상이 드러나는『터틀 아일랜드』와『무성』에 수록된 시들과 산문들
을 논의의 주요 대상으로 선정한다. 스나이더를 단순히 동시대의
환경 위기에 첨예한 관심을 보이는 현존 자연기 작가이면서 생태
적 삶을 몸소 실천한 작가로만 본다면 그의 생태적 인식과 실천성
을 규명하는 것은 별다른 차별성을 지니지 못할 것이다. 그러나 이
책은 스나이더를 셸리와 제퍼스의 연장선상에 둘 것이며, 그로써
그의 인식과 실천은 자연스럽게 앞선 두 작가의 지향점으로 제시
될 수 있다.

　이러한 논의들을 토대로 Part 5에서는 앞에서 고찰한 일련의 연
구 과정과 그 결과를 종합 정리한다. 결론에서는 본문에서 고찰한
내용을 중심으로 생태비평의 한 갈래로서 심층생태주의가 표방하

는 핵심 가치가 셸리의 상상력에서부터 발아되어 제퍼스와 스나이더로 이어져 영향력을 미치고 있음을 평가하고자 한다. 그리고 셸리, 제퍼스, 스나이더의 인식과 실천의 방식을 통해 환경 문제와의 연결선상에서 인문학적인 해결 방안을 모색한다.

한편, 논의에 들어가면서 이 책에서 사용하려는 용어에 대한 의미를 짚어두기로 한다. 첫째, 이 책은 생태(적) 의식, 생태(적) 인식, 생태(적) 사유, 생태(적) 인지는 기본적으로 같은 의미를 지니는 것으로 간주하고, 이 가운데 '생태적 인식'으로 통일하여 사용한다. 다만, 문맥에 따라 이 네 가지 용어를 구분하여 사용함을 미리 밝힌다. 또한 생태적 인식에 대해서는 21세기의 환경적 인식의 관점이자 심층생태주의의 핵심 가치를 포함하는 "모든 것이 상호 연결되어 있다"[10]라는 보다 거시적이고 확장된 사고로 접근한다.

둘째, 이 책에서 '실천(practice)'은 Part 4에서 다룰 스나이더가 추구하는 의미로 사용하는 것임을 미리 밝힌다. 스나이더는 실천이라는 용어가 생태비평의 관점과 심층생태주의, 인식의 측면에서 "우리 자신과 실재하는 세계의 존재 방식"에 "조화하려는 신중하고도 일관된 의식적인 노력"[11]이라는 의미로 사용하고 있다. 물론, 스나이더의 '생태적 거주의 실천'에서도 실천이라는 용어의 일차적인 의미는 대부분 육체적 행동을 의미한다. 그러나 이 책은 영문학 비평 중에서 생태비평의 관점을 지향하므로, 문학이 환경 문제에 어떻게 기여할 수 있을지 그 방법을 찾고 심층생태주의에 대한 인식의 변화와 실천을 유도하는 데 목적이 있다. 따라서 '의식적인 노력'

자연이 표정을 바꿀 때

이 이후의 변화를 꾀하고 영향력을 행사할 수 있다는 보다 포괄적인 의미의 실천에도 주목하고자 한다. 생태 문학이 갖는 가장 큰 핵심 과제인, '환경 교육의 측면에서 문학을 어떻게 활용할 수 있는가?', '인문학적인 것 혹은 인문학의 역할은 무엇인가?', '문학과 시인의 책무는 무엇인가?'에 대한 생태 사상가들의 해답은 바로 이러한 인식과 실천에서 찾을 가능성이 있기 때문이다. 이와 유사하게, 특히 셸리에게서 두드러지는 저항과 불복종의 의미 또한 그 의미를 확대하여 실천에 포함시켜 논의한다.

인문학은 환경 문제에 관한 인간의 의식을 재구성하는 일을 우선해야 한다. 변화의 중심에 있었던 인물들을 새롭게 발굴해 내는 일은 인문학 연구자에게 중요한 책무일 것이다. 영미 문학계의 작가들 중, 셸리와 제퍼스, 스나이더는 더 나은 세상을 향한 이상향을 주장하고 이를 작품과 생애를 통해 보여 주었다는 점에서 주목할 만한 인물들이다. 따라서 이 책은 생태비평의 흐름에 영향을 준 세 사람의 생태적 인식을 차례로 살펴보고, 이들이 각자 자신들의 작품과 삶 모두를 통해서 그러한 의식을 보여 주었다는 사실에서 공통점을 찾고자 한다. 그들이 이론가적인 모습뿐만 아니라 실천적인 삶에서 드러낸 가치를 규명할 것이다. 그리하여 이 시도가 현대의 환경 위기를 극복할 새로운 인문학적 실천을 위한 대안 중 하나로 기능할 수 있기를 기대한다.

셸리

: 생태적 상상력과
실천을 위한
시인의 책무

공존의
에피사이클(Epicycle)

　낭만주의 문인들이 자연과 인간의 새로운 공존 방식을 제안했고 보다 확장된 자연관인 생태적 인식의 뿌리를 내렸다는 주장들은 이미 1990년대부터 시작되었다. 1991년 베이트(Jonathan Bate)는 『낭만주의의 생태학: 워즈워스와 환경적 전통(Romantic Ecology: Wordsworth and the Environmental Tradition)』에서 생태학을 "자연의 경제와 관련되어 있는 모든 지식 — 동물과 비유기적, 유기적 환경의 총제적인 관계들에 대한 탐구"로 정의한 해켈(Ernst Haeckel)의 용어를 사용하여 문학가들도 생태 문제에 대한 새로운 비평으로 눈을 돌리는 기회를 제공했다.[12] 조플린(David D. Joplin)과 미올(David S. Miall)은 워즈워스(William Wordsworth) 등 19세기의 낭만주의 시인들의 시를 생태적 관점으로 해석하면서 현대적 주제의식을 담고 있는 작품들로 이들의 상상력을 평가했다. 조플린은 워즈워스의 「열매줍기(Nutting)」를 중심으로, 미올은 「틴턴 사원(Lines Composed A Few Miles above Tintern Abbey)」을 중심으로 연구한 바 있다.[13] 국내에서도 워즈워스, 콜리지 등을 중심으로 하는 낭만주의와 생태 비평에 관한 논문들이 발표되었다.*

생태비평의 뿌리를 영국의 낭만주의에서 찾으려는 시도와 논의가 시작된 후 한 세대가 지나는 동안, 생태 시인이자 생태 사상가인 셸리는 워즈워스에 비해 크게 주목받지 못해 왔다. 셸리는 워즈워스 못지않게 자연과 인간, 사랑, 이상 사회에 대한 상상력을 드러내 왔지만, 셸리는 낭만적 시인이기보다 혁명적 현실개선론자라는 이미지가 더 강했다. 그런데 셸리가 초기에 워즈워스를 답습한 것에서 벗어나 자신만의 '낭만적 이상주의'를 구현하고 이를 새로운 시적 전통의 초석으로 자리매김한 면이 있다는 평가14)를 상기하면, 셸리는 현실 개선과 개혁에 관심을 둔 시인으로서 오히려 오늘날과 같은 환경 위기의 시대에 와서는 생태 문학의 역할을 강조했다는 점에서 가치를 지닐 수 있게 된다.

심층생태주의에서는 우선 인간과 자연이 대립하는 이원론을 비판하면서 인간이 자연 위에 있다는 인간중심사상을 재구성한다. 이러한 관점에서 자연과 인간의 관계는 자연의 "내재적 가치(intrinsic value)"를 인정하고 그 권리를 부여하려는 데에서 출발하며,15) 자연의 모든 요소가 생명적 존재임을 인정한다. 이를 통해 심층생태주의는 인간과 자연이 우주를 이루는 거대한 공동체의 일원이자

---

* 최동오, 「낭만주의 생태비평 연구」, 『인문학연구』, Vol. 95(2014)와 「낭만주의 생태비평과 코울리지의 자연의 비전」, 『인문학연구』, Vol. 97(2014)가 있다. 이외에도, 사지원, 「독일 낭만주의의 자연관에 담긴 인식과 조피 메로-브렌타노의 생태학적 상상력」, 『카프카연구』, Vol. 25(2011) 등 영국, 독일의 초기 낭만주의의 자연관과 생태학에 관한 연구를 참고했다.

거주자로 공생한다는 원리로 접근한다.

특히 러브(Glen A. Love)는 생태비평의 관점에서 자연과 인간을 다시 볼 필요가 있으며 그 초점이 인간중심적인 "자아의식(ego-consciousness)"에서 자연계 전체를 의식하는 "생태인식(eco-consciousness)"으로 옮겨 가야 한다고 강조한다.[16] 다시 말해, 자연에 대한 인간의 지배적 사고를 전환하기 위해서 생명 자체가 중심이라는 생태적 인식의 과정인 '통각(統覺, 자아실현, Self-realization)'*과 생명 중심적 평등(biocentric equality)을 추구해야 한다는 주장이다. 생태적 시인이자 사상가로 셸리를 평가하기 위해서는 셸리의 시가 위의 두 가지 측면으로 해석될 수 있는지에 대하여 살펴볼 필요가 있다.

먼저, 셸리가 우주적 자연관을 바탕으로 한 인식을 드러내고 있다는 분석이 이 논의의 중요한 출발점이 된다. 셸리의 대표작으로 알려진 「서풍에 부치는 노래(Ode to the West Wind)」는 변혁에 대한 예감과 예언, 그리고 겨울이 오면 봄은 멀지 않았다는 마지막 구절로 인해 저항시로 알려져 있다.

> 나의 죽은 사상을 온 우주 위에 휘몰아다오
> 새로운 탄생을 재촉하는 시들어버린 잎사귀마냥!
> 그리고, 이 시의 주문으로,
> 흩뿌려다오. 꺼지지 않는 화로로부터

---

* 생태철학 분야에서는 이 용어를 '자기실현', '대자아실현', '큰 자아실현' 등으로도 옮긴다.

자연이 표정을 바꿀 때

재와 불꽃을 뿌리듯이, 사람들에게 나의 말을!
내 입술을 통해 깨어나지 않고 있는 대지에게
(…)
예언의 나팔이여, 외쳐라, 오 바람아,
겨울이 온다면, 봄이 그렇게 멀 수 있겠는가?

Drive my dead thoughts over the universe
Like withered leaves to quicken a new birth!
And, by the incantation of this verse,
Scatter as from an unextinguished hearth
Ashes and sparks, my words among mankind!
Be through my lips to unawakened earth
(…)
The trumpet of a prophecy! O, Wind,
If Winter comes, can Spring be far behind?[17]

　　다소의 '의도론적 오류'의 접근을 감안하더라도 「서풍에 부치는
노래」에서는 "바람"과 "인간"과 "대지"가 공생하며 우주를 이루고
있다. 또한 이러한 공생 속에서는 언어를 사용하는 인간이 중심이
되어 소통을 주도하는 것이 아니다. 인간은 바람이라는 자연력이
제공하는 소통의 장에 단순히 편승할 뿐이다. 이러한 구조가 시의
말미에 등장하는 시인의 언어에 "예언"이라는 보다 설득력이 있는
무게감을 부여하고 있다.
　　「서풍에 부치는 노래」가 드러내는 생태적 인식을 보다 구체화하

면 이 시의 전체적인 구조가 우주를 이루는 원소들, 즉 흙, 공기, 불, 물을 기본으로 하고 있는 것을 발견할 수 있다. 올르먼스(Onno Oerlemans) 역시 이 시에 자연의 순환과 관련되는 원리가 포함되어 있다고 본다.[18]

> 꿈꾸는 대지 위로 부는 그녀의 명쾌함은
> (공기 속에서 기르는 무리들처럼 달콤한 씨앗으로 날아)
> 들과 언덕을 생동하는 색과 향으로 채우리.
>
> Her clarion o'er dreaming earth, and fill
> (Driving sweet buds like flocks to feed in air)
> With living hues and odours plain and hill:[19]

「서풍에 부치는 노래」 1부에서 "죽은 잎"들이 "어두운 지하의 겨울철 잠자리로" 옮겨가 지하에 묻혀 있는 모습은 땅의 모습을 형상화한 것이다. 겨울의 황량한 땅은 봄이 되면 새 봄바람을 맞아 "꿈꾸는 대지"를 만들어 주며, "들과 언덕을 생동하는 색과 향"이 되게 해 준다. 2부는 "가파른 하늘의 소란 속에서, 대지에서 죽어가는 잎들처럼 구름 조각들이 흩어져 간다"[20]로 시작하면서, 시선이 공기로 이동함을 알 수 있다. 3부에서는 "너는 푸른 지중해를 여름의 꿈에서 깨웠네, / 거기서 그는 누워 있네 / 수정 같은 물결의 흐름에 말려 있는 자장가가 되어"[21]라며, 물이라는 주제로 시를 이어가고 있다.

이 시에서 화자는 마지막 5부에 등장하며, 자연의 순환 원리는 차례로 흙, 공기, 물을 거쳐 불이라는 소재로 이어진다. 5부에서 화자는 불처럼 살아있는 "영혼(Spirit)"으로 그려지고 "너는 내가 되라(Be thou me)"[22]라고 외친다. 마침내 불의 영혼을 가진 화자는 "예언의 나팔"이 되어 새로운 세상을 기다린다. 이처럼 셸리의 「서풍에 부치는 노래」는 우주를 이루는 네 개의 원소에 대한 이미지를 모두 담고 있다. 리이거(James Rieger)는 셸리가 고대의 자연철학에서 발생한 사 원소의 이론 중 흙, 공기, 물에 미치는 힘을 묘사한 뒤 마지막에 불의 힘을 보여 준다고 설명한다.[23] 셸리가 의도적으로 '불'이라는 원소를 마지막 부분에 등장시켰다고 보는 것이다. 자연의 순환 원리이자 생명의 필수 요소들은 서풍, 즉 바람을 통해 전파되고 결국 5부에 와서 모든 생명체의 생성과 소멸에 필수적인 불의 힘을 통해 하나의 공동체를 이루게 된다.

1, 2, 3, 4부에서 자연은 생명과 죽음의 과정을 지난다. 5부에 와서 시의 화자는 바람의 순환을 통해 생명의 희망을 간직해 온 이들과 함께 예언자로서의 중요성을 깨닫는다. 화자 자신이 불을 통해 혁신을 불러올 수 있다는 것을 제안하고 있다.[24] 셸리는 『시의 옹호』에서 시인을 변화를 가져오는 예언자적 위치에 상정하면서,[25] 자연의 순환과 운영 원리를 간파하고 노래하는 상상력을 발휘하고 있다.

셸리의 「서풍에 부치는 노래」가 사 원소의 순환 원리로 해석될 수 있다는 점에서 현대의 심층생태 시인인 스나이더와의 유사성을 발견할 수 있다. 특히 스나이더는 「시인론(As For Poets)」에서, 우주를 이루는 원소인 흙, 물, 공기, 불의 순서로, "땅의 시인(The Earth Poets)", "물의 시인(Water Poets)", "공기의 시인(The Air Poets)", "불의 시인(Fire Poets)"을 등장시킨다. 그리고 마지막 연에서 "마음의 시인(A Mind Poet)"을 강조하고 있다.

> 마음의 시인은
> 그 집 속에 머무네.
> 그 집은 비어 있고
> 벽도 없네.
> 시는
> 모든 방향에서 볼 수 있다네,
> 어디서든,
> 한 번에.
>
> A Mind Poet
> Stays in the house.
> The house is empty
> And it has no walls.
> The poem
> Is seen from all sides,
> Everywhere,
> At once.[26]

스나이더는 시집 『터틀 아일랜드』의 마지막 부분에 실린 「시인론」에서 "고대 그리스의 오 원소"와 중국의 동양적 사고에서 영감을 얻어 창작했다고 밝히고 있다.[27] 소재와 시의 전개 방식이 유사한 이 두 시에서 셸리와 스나이더가 강조하는 방향은 비록 다르지만, 그 최종적인 귀결은 동일하다. 셸리는 화자의 불같은 추진력과 혁명성에 희망을 걸고 있고, 스나이더는 모두에게 중요하고 모두가 볼 수 있는 시인과 시의 역할을 경계 없는 황야의 집을 통해 강조한다. 즉, 자연력을 통한 인간의 변화를 도모하고 있는 것이다. 이러한 관점에서 셸리의 상상력을 보면, 셸리는 스나이더보다 200여 년 앞서 이미 현대 생태 시인의 사고로 시를 쓰고 있는 셈인데, 물론 셸리의 이러한 상상력을 생태적 상상력으로 해석하기 위해서는 현대의 심층생태주의가 추구하는 생태적 인식의 핵심 유무가 중요하다.

「서풍에 부치는 노래」에서 서풍이라는 바람과, 물, 불, 공기, 흙의 작용에 다시 주목하면, 이 원소들이 단지 존재하는 것이 아니라 변화하며 움직이고 있다는 것을 발견하게 된다. 1부에 등장하는 서풍은, "죽은 잎"을 바라만 보고 있는 것이 아니라 바람의 율동을 관찰하고 있다. 2부에서 구름에 대해 "뒤엉킨 가지들(the tangled boughs)",[28] "가파른 창공(the steep sky)"[29]이라고 묘사하고 있는데, 이러한 묘사를 통해 역동적이고 살아 있는 이미지를 느낄 수 있다. 대지의 잎에서 대기의 구름으로, 그리고 3부에서 바다로 이어지는 시선은 점점 그 규모가 확대되고 있다. 가장 낮은 곳에서 출발했지만 그 시선은 이제 "천상과 대양"[30]을 향해 나아가고 있다. 원소들이 바람을 통해 공간 안에서 모두 섞여 계절의 변화를 겪고 있는데 시의 후반부까지 그 존재감이 드러나지는 않았다. 아울러 화자인 인간 또한 그 중심에서 함께 율동하고 있었다는 사실을 5부에서 깨닫게 된다.

그리고 그 변화의 주체는 이제 '인간'으로 바뀌면서 새로운 세상을 만들 준비를 한다. 하나의 원을 이루고 있던 중심이 다시 또 다른 원의 중심이 되는 것은 유기적인 자연의 원리를 보여 주려는 셸리의 방식이다. 이는 '유기적 전체성(organic whole)' 혹은 '유기적 공동체(organic community)'라는 생태학의 기본 원리와 같은 맥락이다. 이러한 유기적 전체성은 부분과 전체가 각각 유기적으로 연관되어 있으면서도 그 안에서는 개별적인 '내재적 가치'를 실현할 수 있다는 의식으로 그 핵심은 과학의 원리와 같다고 볼 수 있다.

우주를 이루는 자연의 원소들이 유기적 전체 속에서 순환하고 있다는 점은 「구름(The Cloud)」과 「에피사이키디온(Epipsychidion)」에서도 드러난다. 「구름」에서 셸리는 "흙"과 "물"이 만들어낸 "하늘"의 창조물인 구름을 묘사하면서 구름이 "대양"과 "해변"에서 자유자재로 변화하지만, 구름 자체는 결코 사라지지 않고 다시 또 새로운 "파란 돔(구름)"을 만드는 장면을 묘사한다.

> 나는 흙과 물의 딸이며
> 하늘의 손으로 자란 아이;
> 나는 대양과 해변의 작은 틈들 속으로 다니며
> 변하지만, 그러나 죽지는 않는다.

(…)

공기로 파란 돔 모양을 만들면

내가 만든 기념비를 보며 조용히 웃다가

비의 동굴 속에서 나와

자궁 속에서 아이가 태어나고, 묘지 속에서 유령이 영생하듯

나는 일어나 그것을 다시 부순다.

I am a daughter of Earth and Water,

And the nursling of the Sky;

I pass through the pores of the ocean and shores;

I change, but I cannot die.

(…)

Build up the blue dome of air,

I silently laugh at my own cenotaph,

And out of the caverns of rain,

Like a child from the womb, like a ghost from the tomb,

I arise and unbuild it again. [31]

「구름」에서 셸리는 우주를 이루는 원소들과 구름을 만드는 주체
가 되는 "흙(Earth)", "물(Water)", "하늘(Sky)"과 같은 단어들을 "나(I)"
와 더불어 대문자로 시작하고 구름을 "나", "흙과 물의 딸"로 표현
하고 있다. 이 시는 고차원적이고 확장된 의미의 우주론적 사고와
자연 현상의 과학적 원리를 활용하고 서정적인 감상과 함께 그 안
에 내재된 철학적 관념론과 과학 현상을 동시에 융합하여 보여 준

다. 아울러 이 시는 미시적 시각과 거시적 시각을 적절하게 혼용하고 있다. 이는 셸리가 구름의 변화 양상을 화자인 '나'의 입장에서 보여 줌으로써 자연의 생성과 소멸을 재현했기에 가능했다. 궁극적으로 우주를 이루는 자연의 원소들이 유기적 전체 속에서 순환하고 있다는 점을 보여 준다.

「에피사이키디온」의 자의(字意)적 의미는 '내 영혼 밖의 영혼(the soul out of my soul)'이다. 이 시는 셸리가 추구하는 '아름다움'과 '사랑에 대한 완결성'을 상징하는 시로 알려져 있지만, 셸리의 상상력에 내재되어 있는 생태적 인식도 또한 뚜렷하게 드러난다.

> 두 개의 틀 안에 있는 영혼, 아! 왜 둘인가?
> 두 개의 심장 속에 깃든 열정 하나, 자라나네,
> 터질 듯 타오르는 두 개의 유성이 될 때까지.
> 두 행성의 본질은 하나가 되네,
> 부딪히고, 섞여 거룩하게 변하네; 여전히
> 타오르지만 영원히 타지 않고:

> Spirit within two frames, oh! wherefore two?
> One passion in twin-hearts, which grows and grew,
> Till like two meteors of expanding flame,
> Those spheres instinct with it become the same,
> Touch, mingle are transfigures; ever still
> Burning, yet ever inconsumable:[32]

셸리는 「에피사이키디온」에 등장하는 태양, 달, 혜성을 각각 "아내(Spouse)", "동생(Sister)", "천사(Angel)"로 부르는데, 이 세 개의 별들은 "별이 없던(starless)" 화자에게 나타나 운명의 조종사가 되어주는 존재들이다. 이러한 표현을 통해 셸리의 관념 속에 우주적 질서의 원리가 이 시에도 담겨 있음을 알 수 있다. 이 시 속에서 셸리는 별들이 '나'를 중심으로 회전하고 있는 상황을 묘사하면서 "진실한 사랑(True Love)"에 대한 자신의 이상을 나타낸다.

생태학자 앨런(Paula Gunn Allen)은 미국 원주민 문학의 심층생태적 요소를 논하면서, "인디언 문학이 공간을 구의(spherical) 형태로, 시간을 주기적인 형태로 보는 반면에 그 외의 서구 문학에서는 공간을 직선의(linear) 형태로, 시간을 연속적인 형태로 본다"[33]라고 지적한 바 있다. 구의 형태에서는 모든 요소가 중요한 개별적 의미를 지니는 반면에 직선의 형태는 어떤 요소가 다른 요소보다 우월한 계층 구조가 형성된다. 이렇게 볼 때, 셸리의 우주관은 고정되고 정적인 서구의 기독교 문화 속에서도 매우 유동적인 생태적 인식에 근간을 두고 있다고 볼 수 있다.

이처럼 셸리의 시에는 19세기의 인간중심주의에서 초월하여 보다 확장된 우주적 상상력이 내재한다. 셸리 시의 이러한 양상을 생태적 관점에서 살펴보기 위해서는 무엇보다 자연의 내재적 가치와 함께, 환경적 인지와 실천으로의 인문학적 방법론의 하나로서 중요한 통각(자아의 깨달음)의 문제와 결부하여 살펴볼 필요가 있다. 동시에 이상적인 공동체로 그려지는 자연과 인간의 공존이라는 관점에서 셸리의 시 세계를 어떻게 평가할 수 있는지를 살펴보아야 한다.

고난과 역경을 견디는 과정에서 정신적인 자아의 깨달음을 얻는 프로메테우스의 이야기를 그린 『해방된 프로메테우스』에서 '대지(Earth)', '아시아(Asia)'와 같은 등장 요소들은 프로메테우스의 해방을 도와 각성(통각)에 이르게 하는 중요한 소재들이다. 프로메테우스는 신들의 전용물이었던 불을 훔쳐 인간에게 전해 준 죄로, 독수리에게 심장을 찢기는 고통을 당한다. 그런데 프로메테우스에게 어느 날 대지의 여신인 아시아의 목소리가 들린다. 대지는 1막에서 고통과 절망에 빠진 프로메테우스를 위로하며 따뜻한 위로의 말을 건넨다.

> 비탄과 덕이 주는 뒤섞인 기쁨을 갖고도
> 나는 너의 고통을 느꼈다. 너의 상황을 격려하기 위해
> 나는 인간 사고의 흐릿한 동굴 집이고
> 새가 바람을 타듯
> 그 세계를 감싸는 공기 안에 사는
> 섬세하고 아름다운 정령들에게 올라올 것을 명한다.
> 그들은 저 황혼의 영역 너머를 본다. 거울에서
> 미래를 보듯, 그들이 너를 위로하는 말을 해 주길!

> I felt thy torture, with such mixed joy
> As pain and Virtue give. To cheer thy state
> I bid ascend those subtle and fair spirits
> Whose homes are the dim caves of human thought[34]

And who inhabit, as birds wing the wind,

Its world-surrounding ether; they behold

Beyond that twilight realm, as in a glass,

The future—may they speak comfort to thee! [35]

자연물인 대지가 나약한 인간 프로메테우스에게 느끼는 '공감'은 경계의 영역을 넘어서는 공존이자 합일을 의미한다. 프로메테우스는 이상적 자아의 원형으로서 '인식의 변화'를 직접 경험한다. 프로메테우스는 스스로 껍질을 깨야만 성숙한 존재로 인정받을 수 있고, 고통의 과정을 경험해야 완전해질 수 있었다. 프로메테우스의 상황은 그 자체로 고통스럽지만 대지와 바람과 동굴과 정령들이 프로메테우스를 격려한다. 이들의 도움으로 프로메테우스는 비로소 "거울"을 통해 자신을 볼 수 있고 현실 '너머'를 꿈꿀 수 있다.

자신을 묶은 사슬에서 풀려난 프로메테우스는 여신 아시아와 결혼하고, 세상 저쪽에서는 악이 물러갔다는 희망의 알림이 울린다. 이 희망찬 세상의 가장 두드러지는 특징은 "자유롭고, 제약이 없는", "평등한 세상"이다.

가증스러운 가면은 벗겨지고, 인간은 남았네
군주의 지배에서 벗어나 자유롭고 제약 없는 존재로, 허나 인간은
평등하며, 계급, 종족, 국가도 없이
경외, 숭배, 신분에서도 해방되어,
그 스스로가 왕.

The loathsome mask has fallen, the man remains
Sceptreless, free, uncircumscribed, but man
Equal, unclassed, tribeless, and nationless,
Exempt from awe, worship, degree, the king
Over himself.[36]

프로메테우스는 속박에서 해방되고 새로운 인생을 맞게 된다. 고대 우주론에서 신화적 상황은 현재의 자연관 또는 인간관과는 그 차원이나 목적이 달랐다. 모든 생명은 태초의 암흑에 쌓인 우주 공간의 먼지 속에서 시작되었으며 암흑과 먼지로 대비되는 우주 공간의 존재들은 "공기에서 태어난 형상들(air-born shapes)"이며, 서로 공존한다. 프로메테우스는 고난에서 풀려나지만 이 과정에서 "사랑"이 없는 희망은 무의미하다는 것을 경험을 통해 알게 된다. 이 시의 서문에 밝혀져 있듯이, 주피터(Jupiter)는 가해자이고 프로메테우스는 피해자이지만 이들이 공존할 수 없다고 믿는 이원론적인 사고를 깨뜨리고 주피터와 프로메테우스가 함께 존재하는 곳이 바로 셸리의 시 세계이다. 이 점은 시의 말미에서 프로메테우스에게 진정한 해방에 대해 조언하는 데모고르곤(Demogorgon)의 이름을 통해 상징적으로 드러나기도 한다. 갤런트(Christine Gallant)는 데모고르곤을 '데모(demo)'가 의미하는 악의 요소와 '고르곤(gorgon)'이 의미하는 선의 요소가 공존하는 인물로 보고 있다.[37]

프로메테우스가 통각의 경험을 통해 오랜 고통에서 벗어난 해방감을 느낀 것과 함께 삶의 진정한 의미를 찾았다는 표면적인 의미

자연이 표정을 바꿀 때

와 진정한 자아의 깨달음을 얻었다는 정신적 상징이라는 두 가지 측면에서 『해방된 프로메테우스』는 시간과 공간, 존재의 의미를 넘어서는 초월적인 주제를 향하고 있다. 이상적인 사랑, 미, 이상, 우주의 기원 등 셸리가 자신의 작품을 통해서 사물의 본질을 추구하려고 한 점에서 셸리가 표방하려 한 플라톤주의의 성격이 드러나고 있다. 그러나 이를 생태적 관점에서 보자면 "셸리의 시 세계 전체에서 플라톤주의의 성향이 짙다"[38]라고 보는 오랜 관점에서 오히려 한 걸음 더 나아가야 할 필요도 있다.

셸리가 『해방된 프로메테우스』에서 그리고 있는 이상 세계의 모습은 대지와 인간, 신이 공존하는 열린 공간이다. 자연을 포함한 모든 만물이 공존하는 공간은 물리적인 현실 세계의 우주적 차원이기도 하고 초월적인 사고와 동양적 사고에서 경계 없음의 사유로 알려진 "무성(無性)"이기도 하다. 모든 것이 열린 공간은, 20세기의 미국의 초월주의(Transcendentalism)에서의 "대령(Over Soul)", 그리고 심층생태주의에서 지향하는 '생명공동체'의 개념이다. 『해방된 프로메테우스』에서 상징하는 희망에 찬 미래는 현실 속에서의 셸리 자신의 위치를 깨닫는 과정이 수반되어야 했다. 심층생태주의가 추구하는 가장 큰 가치 역시 통각의 경험이다. 데모고르곤은 죽음이나 암흑보다 더한 불의도 용서하고 인내하라는 조언을 프로메테우스에게 남기고[39] 프로메테우스는 아시아와 함께 동굴 속에서 새로운 삶을 시작한다.

셸리의 『해방된 프로메테우스』를 우주론적 관점으로 볼 때, 아시아와 데모고르곤은 각각 하나의 행성이자 우주를 구성하는 원으로, 프로메테우스의 주위를 돌며 프로메테우스를 보호하는 것으로 해석할 수 있다. 우주의 항상성을 유지하는 대지와 바람은 그 과정에서 프로메테우스에게 힘이 되어 준다. 즉, 자연과 프로메테우스의 공감, 하늘과 대지와 바람의 협동 작업은 프로메테우스를 다시 태어나게 해 주는 동력인 셈이다. 한편, 이는 변화의 주체자로서 각성의 의지를 지닌 개인의 노력은 매우 중요하며 모든 탄생과 죽음도 결국 전체에 포함된 자기 안에서 이루어지고 있음을 보여 주기도 한다. 통각의 경험으로 다시 태어난 존재는 자신을 일깨워 준 존재와 조화를 이루며 공존을 위한 새로운 공동체를 형성하게 된다. 이때의 공동체는 "인간은 평등하며, 계급, 종족, 국가도 없이 / 경외, 숭배, 신분에서도 해방되어, / 그 스스로가 왕"[40]인 곳이다.

셸리의 이러한 상상력은 20세기의 생태적 상상력으로도 충분히 설명되고 있다. 『해방된 프로메테우스』에서 드러나는 공존의 공동체는 머천트(Carolyn Merchant)의 "동반자 윤리(partnership ethics)"와 그 맥락을 함께한다. 머천트는 동반자 윤리를 "특정한 장소에서의 인간 공동체와 비인간적 공동체와의 관계를 의미하며, 그 특정한 장소는 경제적이고 생태적 교환을 통하여 보다 더 큰 세계와의 연관을 인지하고 있는 장소이다. 그리고 그 윤리는 인간이 스스로의 탐욕을 억제함으로써, 인간과 자연의 필요에 따라 인간이 행동하는 윤리가 될 것이다"라고 [41] 언급하고 있다. 머천트는 아울러 이러한 동반자 윤리는 "이상향의 회복(Edenic recovery)"에 관한 재신화의 과정이나 전혀 새로운 종류의 서술을 요구하며, 그 새로운 신화는 가부장적 창조 순서를 용인하지 않고 남녀의 동시적 창조 혹은 남성, 여성의 협동적인 진화 과정을 수용해야 한다"[42]라고 주장한다. 머천트의 이러한 언급을 근거로 할 때, 『해방된 프로메테우스』는 모두가 평등한 공존의 공동체를 꿈꾸는 동반자 윤리에 근거한 셸리의 생태적 상상력과 다름없다.

조화로운 세상을 꿈꾸는 셸리의 상상력에서 간과할 수 없는 부분은 정신적 각성과 변화의 과정이다. 이는 셸리의 시에서 구체적으로 다루어지고 있는데 바로 이 과정은 생태적 인식인 통각을 설명하는 데 필수적이기 때문에 중요하다. 셸리의 초기 대표 시 중의 한 편인 「고독의 영, 얼래스터(*Alastor; or the Spirit of Solitude*)」에는 열정은 지니고 있으나 소극적인 은둔자인 젊은 시인 얼래스터(Alastor)가 등장한다.

「얼래스터」라는 제목의 이 시는 인간 마음에 관한 가장 흥미로운 상황 중 하나에 대한 알레고리로 여겨질 수 있다. 그 시는 타락하지 않은 마음과 모험심을 가진 천재인 한 젊은이를 재현한다. (⋯) 그가 자신의 상상력을 구현하는 이 비전은 시인과 철학자와 사랑을 가진 사람들이 그려낼 수 있는 훌륭하고 현명하고 아름다운 모든 범위를 통합한다.

The poem entitled Alastor may be considered as allegorical of one of the most interesting situations of the human mind.

It represent a youth of uncorrupted feelings and adventurous genius. (⋯) the vision in which he embodies his own imaginations unites all of wonderful or wise or beautiful, which the poet, the philosopher or the lover could depicture.[43]

셸리는 시인인 주인공 얼래스터(Alastor)의 궤적을 따라가면서 그가 어떻게 자신의 비전을 구현하는지를 보여 주고자 한다. 젊은 시인은 자신과 공감할 정신적 존재를 찾기 위해 여정을 시작한다. "스스로 중심이 된 은둔자"[44]가 "한순간에 깨어나는"[45] 체험은 순탄하지 않다. 이 여행에서 시인은 작은 배를 타고 이동하는데 그 배가 파도와 바람에 휩쓸려 죽음 직전에까지 내몰린다.[46] 그러나 시인 자신이 거쳐 온 고난과 역경 그리고 현실 세계에서 비전을 찾기 위해 헤맨 시간이 시인의 내면에서 일어나는 "점진적인 변화"[47]를 고스란히 담아내고 있다. 시인의 여행은 방황하는 영혼의 여행인 동시에 현실에서는 명상에 잠긴 시간의 흐름이었던 것이다. 시인은 "주름들이 얼굴에 모이고, 머리카락은 가늘어지는"[48] 자신에게 다가오는 물리적 변화를 감지하며 자신이 죽음의 문턱에 왔다는 사실을 직감한다.[49] 환상의 세계와 현실의 세계가 중첩되는 이 시에서 젊은 시인의 여정은 한 존재가 자신의 자아 정체성을 찾기 위해 나아가는 과정, 즉 인생 그 자체를 의미하고 있다. 그런데 환상과 같은 여행 속에 시간을 거슬러 오는 동안 이미 이 젊은 시인의 현실 속의 시간은 흘러가고 있었다. 그가 죽음의 시간이 다가왔다고 느끼는 순간은 그야말로 현실적 고뇌이다. 프로메테우스가

자연이 표정을 바꿀 때

죽지 못하는 고통 속에서도 희망을 찾고 새로운 공동체의 일원으로 재생하게 되었듯이, 얼래스터는 죽음의 고통 앞에서도 자신의 비전을 찾고자 하는 고된 여정을 중단하지 않는다. 육체는 늙어 죽음을 맞이하게 되지만 아직 삶이 끝난 것은 아니다. 현실 세계의 또 다른 존재인 화자가 삶을 기록하고 있다는 설정에서 시인의 비전은 「얼래스터」라는 신화로 남게 된다.

> 창백한 절망과 차가운 고요함,
> 자연의 광대한 틀, 인류의 거미줄,
> 탄생과 죽음, 그것들은 모두 이전과는 다르네.
>
> pale despair and cold tranquillity,
> Nature's vast frame, the web of human beings,
> Birth and the grave, that are not as they were.[50]

"탄생과 죽음"은 환상의 세계와 현실 세계를 여행한 시인의 삶 자체를 일컫는다. "인류의 거미줄"은 노인의 죽음이 젊은 시인의 이야기로 탄생하는 순환 고리임을 의미하기도 한다. 「얼래스터」를 셸리 자신이 꿈꾸는 유토피아로 향하는 한 인간의 여정이라는 하나의 거대한 "틀"로 본다면, 이 시는 일차적으로 정신과 현실 세계의 유기적인 연관성을 보여 준다. 시인의 상상력 안에 존재하는 세계는 환상이지만 시인 자신의 인생에서는 이것이 곧 한 사람의 삶에 실재하는 현실이 된다.

젊은 시인의 여정에서 지속적으로 등장하는 시간과 공간의 이동 그리고 "하늘", "바람", "별", "강", "산", "바다" 등은 지속적으로 그의 주위를 맴돌고 있다. 그 안에 "젊은 시인"과 "노인"이 함께하고 있다는 사실을 주목해야 한다. 셸리는 「얼래스터」에서 화자가 스스로의 경험을 통해 비전을 추구하도록 하는데 「에피사이키디온」에서처럼 이 과정은 "자연의 모든 원소들의 소리, 향기, 움직임"을 통해 묘사되고 있다.[51] 비전을 추구하는 다분히 관념적인 여정 속에서도 우주와 계절 등 자연은 시인과 함께 변화한다. 시인이 우주를 이루는 한 부분으로서 시간의 흐름에 따라 자신이 늙었다는 사실을 깨달았을 때,[52] 젊은 시인은 그의 발아래에서 "아름다운 초록 빛 작은 숲의 그늘"[53]과 "향기로운 바람과 음악처럼 고운 움직임"[54]을 발견한다. 노인의 일생 전체는 그 자체가 자연의 일부로서 자연스러운 변화 과정이라는 확장된 의미로 볼 필요가 있다.

「얼래스터」에서의 여정은 젊은 시인과 노인으로 분리된 것이 아니다. 물론 그 둘은 시차를 두고 존재하는 동일 인물이지만, 여기에서 중요한 것은 그들이 자연의 일부로 시인의 환상과 함께 순환하는 우주의 전체이자 일부로서 존재해 왔다는 사실이다. 시인이 노인이 되었을 때에도 꽃과 바위 등 모든 자연물은 그간의 경험과 고난, 시간의 흐름을 거쳐 왔다. 꽃송이는 다시 피고, 바위는 이끼가 끼면서 시인과 함께 변화한다. 모든 시간의 흐름으로 인해 과거와 현재에 존재해 온 우주의 구성원들은 모두 이전과 같은 존재이지만 결코 과거와 같지 않은 생명체이다. 바로 이 점이 셸리가 "탄생과 죽음, 그것들은 모두 이전과는 다르네"[55]라고 「얼래스터」의 마지막 행에서 '다름'을 강조하고 있는 이유이다. 이 다름은 일차적으로 모든 동일한 종(種)을 이어가는 생명체의 새로운 탄생을 의미한다. 동시에 인간이 자연의 한 부분임을 인지하는 통각의 각성 이후에, 즉 생태적 시각을 확보한 후에 시인이 보는 전과는 전혀 다른 세상의 모습이라는 의미를 지니게 된다.

플라톤주의자로 알려진 셸리의 시를 생태적 관점에서 이해하기 위해서는 셸리의 시에서 드러나는 이상향을 규명하는 작업이 필수이다. 셸리 시에서의 이상향이란 생태적 관점에서는 통각 이후의 세상을 의미하기 때문이다. 셸리는 「얼래스터」 이후, 『맵 여왕』, 『해방된 프로메테우스』, 「아틀라스의 마녀(The Witch of Atlas)」, 「에피사이키디온」, 「헬라스(Hellas)」, 『인생 승리(The Triumph of Life)』 등에서 자신의 이상 세계를 보여 준다. 플라톤주의자인 셸리는 사랑을 통해 변화가 가능하다고 보았다. 프로메테우스는 사랑을 통해 자아를 인식하게 되었으나 그 변화는 비단 자신에게 국한되어 있는 것은 아니다. 시 속에서 자신은 물론 주변의 생명체들도 모두 변화를 경험하고 있다. 결과적으로 프로메테우스는 내적인 변화를 거치지만 형상이 변한 것은 아니고, 아시아와의 결합을 통해 새롭게 하나의 전체로서 자연에 흡수되어 자연의 일부로 태어나게 된다. 프로메테우스의 정신적인 통각의 과정은 현실에서의 그의 존재마저도 바꾸는 것이다.

나는 보지도, 듣지도, 움직이지도 않고, 오직
내 피를 거쳐 그의 존재가 흐르고 뒤섞이는 것을
그것이 그의 생명이 되고 그의 생명이 내가 될 때까지 느꼈다
그리고 나는 이렇게 흡수되었다

I saw not, heard not, moved not, only felt
His presence flow and mingle through my blood
Till it became his life, and his grew mine,
And I was thus absorbed[56]

프로메테우스가 아시아와의 결합을 통해 자아를 잊는 경험을 하
지만, 이러한 소멸은 동시에 더 큰 자아를 탄생시킴으로써 영혼은
오히려 완전해진다. 여기에는 불교에서의 공 사상(空 思想), 연기론
(緣起論) 그리고 이데아론의 핵심을 모두 통합하는 셸리의 이상적
인식이 투영되어 있다.

자아의 소멸과 탄생에 관련된 이러한 몰아적(沒我的) 상태는 플라
톤의 이데아론의 핵심인 동시에 셸리가 자신의 시에서 적극적으로
차용하고 있는 '주전원 운동(Epicycle)', 즉 '큰 원을 중심으로 회전
운동을 하는 작은 원'들로 설명할 수 있다. 이 말의 라틴어 어원은
'영혼 속의 영혼'을 의미하는 것으로 셸리는 「에피사이키디온」과 「사
랑에 관하여(On Love)」에서 이를 차용했다. 사랑에 대하여 셸리는
다음과 같이 정의하고 있다.

자연이 표정을 바꿀 때

우리 외부 존재의 초상일 뿐 아니라, 우리의 본성을 구성하는 극
소한 개별 요소들의 집합이다. 그것은 순수와 밝음의 형태들만
을 반영하는 표면을 지닌 거울이다. 또한 그것은 고통과 슬픔과
악이 감히 뛰어넘을 수 없는 지당한 낙원 주위의 원형(圓形)을 그
리는 우리 영혼 내의 영혼이다.

Not only the portrait of our external being, but an assem-
blage of the minutest particulars of which our nature is com-
posed: a mirror whose surface reflects only th forms of puri-
ty and brightness: a soul within our soul that describes a cir-
cle around its proper Paradise which pain and sorrow and
evil dare not overleap.[57]

셸리가 사랑을 "단지 인간과 인간 사이를 연결하는 관계뿐만 아
니라 존재하는 모든 것들과 연결하는 유대관계"[58]라고 정의하는
것 역시 같은 맥락이다. 셸리에게 인간 내면의 이상적 원형은 현실
을 초월한 이상적 세계만이 아니라 인간 안에 존재하면서 고통을
경험하고 극복하는 과정에서 자신에 대한 확신과 정체성을 확립해
가는 자아, 그리고 이 자아가 중심인 또 다른 세계이다. 셸리는 이
를 "에피사이키(Epipsyche)"로 명명한다.[59] 참다운 인식에 도달하는
일은 인간이 자신의 자아를 '변화하면서도 변하지 않는 상태'로 지
속해 갈 때 가능하다는 것이다. 이 과정은 당시로서는 자연, 즉 우
주와 인간에게 동등하게 투영되었고, 셸리는 모든 존재가 자체의
질서와 원리를 유지하면서 그 구성원으로 공존하고 있음을 주장

한 것이다. 이와 같은 셸리의 사유는 『해방된 프로메테우스』에서 '조화로운 영혼'이 모든 존재로 확대되는 방식으로 구현된다.

> 많은 영혼 중 하나의 조화로운 영혼인 인간은,
> 그 본성이 그 자신의 신적인 통제가 되고,
> 강의 바다로 가듯, 그 안에서 모든 것이 전체를 향해 흐른다.

> Man, one harmonious soul of many a soul,
> Whose nature is its own divine control,
> Where all things flow to all, as rivers to the sea;[60]

이어서 언급되는 "사랑의 힘과 연결된 사고의 사슬"[61]은 조화로운 영혼이 된 변화한 인간을 일컫는다. 사랑의 힘으로 연결된 사슬은 조화를 이룬 인격체로 이제 이상향의 세계로 나아간다. 셸리의 「해방된 프로메테우스」에서 플라톤적 이상주의와 초월적 자아의식은 조화, 질서, 변화, 미래, 흡수, 각성이라는 일련의 모든 과정을 포함하고 궁극에는 모든 것을 가능하게 하는 사랑의 미학으로까지 승화된다. 그리고 이 의식이 만물을 아우르는 조화의 완전체인 "영혼 속의 영혼"을 구현하고 있다. 모든 원들은 각각이 하나의 완전한 원형이자 중심이면서 또 다른 원을 돕는 협력의 관계를 이룬다. 이는 심층생태주의에서 표방하는 생물의 공생 원리, 공동체의 공존 원리와도 그 맥을 같이하고 있다.

셸리가 추구하는 최고의 '미'는 가장 순수하고 영원한 이데아의

자연이 표정을 바꿀 때

세계이자, 「얼래스터」, 「에피사이키디온」, 『해방된 프로메테우스』에서 밝힌 변화와 움직임이 있는 세계이다. 「얼래스터」에서 노인이 찾던 "비전"은 결국 죽음으로 귀결되고 만다. 노인은 "감각 없이, 움직임 없이, 신성함도 없이(No sense, no motion, no divinity)"[62] 그 육체도 소멸하였다. 그러므로 플라톤의 이데아론을 엄격히 적용하면, 현실 세계의 변화를 허용한다는 측면에서 셸리의 시 세계는 신플라톤주의로 보아야 한다.

신플라톤주의는 15세기에 이탈리아에서 시작된 이후, 유럽 전역의 르네상스의 문화 전반에 영향을 미쳤고 영국의 문학에 미친 영향도 컸다. 셸리 역시 그 문화권 안에서 이를 접할 수 있는 상황이었다. 자연에 대한 개념적이고 추상적인 철학적 사고에 그쳤던 플라톤의 이데아와 우주론은 과학 사상에 영향을 주었고, 고전 학문에 몰두했던 인문주의자들이 근대 과학이라는 새로운 관념을 발견하면서 그리스 과학은 그 한계를 넘어 플라톤의 새로운 사상으로 나아갔다.[63]

행성의 우주적 운행 원리를 시에 적용하고 있다는 점에서 셸리가 우주의 존재와 그 질서를 인정하고 있음을 알 수 있다. 또한 현존하는 존재보다 더 나은 존재, 깨달음을 얻는 존재가 시에 등장한다는 점에서도 셸리는 신플라톤주의와 맥을 같이한다. 아울러 셸리의 시 속에 등장하는 주인공 대부분이 자연의 소리를 들으며 자연과 함께 공존하는 경향을 띠고, 공생의 개념과 연결된다는 사실에서 셸리의 시가 신플라톤주의의 핵심 개념을 담고 있다고 볼 수 있다. 셸리의 시에 등장하는 인물들이 이상과 현실 세계 사이에서 겪는 모호한 통각의 과정은, 우주의 원리를 깨우친 인간의 존재에 대한 탐구가 자연을 지배하는 우주적 질서의 원리로 인간에게도 적용된다는 점을 보여 준다. 결국 정신과 물질의 순환 고리로 연결되는 이러한 사고방식은 플라톤의 이데아이지만, 셸리는 플라톤의 이데아 너머까지 자신의 새로운 상상력을 발현하면서 이상 세계를 꿈꾸었다고 볼 수 있다.

셸리의 시는 러브록(James Lovelock)의 '가이아 가설(Gaia Hypothesis)'과 비교했을 때 유사한 점이 많다. 러브록이 가이아(Gaia), 즉 대지의 여신이 지구의 생명체들을 어머니처럼 보살펴 준다는 보다 넓은 지구의 개념을 제시하는 새로운 이론을 정립하면서, 신화의 여신은 과학의 생명이론과 부합될 수 있게 된 것이다. 러브록은 『가이아: 지구 생명에 대한 새로운 시각(*Gaia: A New Look at Life on Earth*)』을 통해 지구를 이루는 대기와 바다 역시 지구 생명의 일부라는 새로운 입장을 발표한다. 지구의 생명체에 모든 유형과 무형의 존재들을 포함하는 이 입장은 1979년 이전에 태동한 환경 운동과 심층생태주의의 핵심 사상과도 뜻을 함께한다. 러브록이 제시한 가이아 가설의 핵심은 지구가 살아 있는 하나의 유기체라는 것이다. 셸리의 시에는 유기적 공동체의 이상향과 우주론 그리고 지구의 생명과 해양, 대기의 생명들이 나약한 존재들을 돕는 이상 세계가 등장하는데, 이는 신플라톤주의자들의 현실성을 담으면서도 동시에 가장 현대적인 의미에서의 유기체 개념까지도 포함하는 생태적 인식을 발견하게 해 준다.

인간과 지구의 상호 공존이라는 생태적 인식은 「몽블랑(*Mont Blanc*)」에서 거대한 자연물인 몽블랑과 마주한 인간의 의식에서도 드러난다. 시인은 자연과의 "끊임없는 상호교환"을 통해 자신을 성찰한다.

> 아찔한 협곡! 그리고 내가 너를 응시하면
> 나는 무아의 숭고하고 기이한 상태가 되어
> 환상이 분리된 나 자신을 바라보게 된다,
> 나 자신의, 인간 정신의 의식이
> 급속하게 영향을 주고받으며,
> 주변의 명료한 우주의 사물들과
> 끊임없는 상호교환을 하며

> Dizzy Ravine! and when I gaze on thee
> I seem as in a trance sublime and strange
> To muse on my own separate fantasy,
> My own, my human mind, which passively
> Now renders and receives fast influencings,
> Holding an unremitting interchange
> With the clear universe of things around;[64]

자연 앞에서 화자는 무아(無我)를 경험한다. 화자인 "나"와 "몽블랑"으로 대표되는 자연은 지구에 존재하는 하나의 유기체적 시스템으로 상호 교환한다. 변화하는 모든 존재들은 그 자체가 우주를 이루는 부분으로서 상호작용을 한다. 에번든(Neil Evernden)은 생태적 인식을 견지하는 데 중요한 요소를 "상호연관성(interrelated-ness)"으로 보고, 이러한 상호연관성을 고취시키는 데 필수적인 "심미적 체험(aesthetic experience)"은 관찰되는 대상이나 관찰자의 의식 속에서가 아니라 개인과 환경 사이에 놓여 있는 관계에서 생겨난다고 주장하고 있다.[65] 이 경우 우리는 주체와 객체라는 관계 대신에 하나의 과정, 즉 관찰자와 관찰되는 대상 사이의 상호작용을 지니게 된다는 것이다. 「몽블랑」에서의 시인과 "우주의 사물"과의 상호교환이 바로 이러한 심미적 체험의 순간인 것이다.

러셀(Bertrand Russell)은 "세계는 여럿이다. 어떤 세계는 현재 커가고 있고 어떤 세계는 현재 소멸되어 간다. (…) 모든 세계가 각각 시작과 끝을 갖고 있으며, 한 세계는 더 큰 세계와 충돌해서 파괴되기도 한다"[66]라는 자신의 우주론을 설명하면서, 장황한 설명 대신 셸리의 시 「헬라스」를 인용한다.

세계 속의 세계들이 서로 돌고 있네
창조에서 소멸로,
강물 위의 거품처럼
반짝이며 터지며, 떠내려가면서.

Worlds on worlds are rolling ever
From creation to decay,

Like the bubbles on a river

Sparkling, bursting, borne away.[67]

「헬라스」뿐 아니라 「에피사이키디온」, 「얼래스터」, 『맵 여왕』 등에서 보여 주는 원 속의 원, 영혼 속의 영혼, 부분과 전체의 조화를 일컫는 세계관을 통해 셸리의 상상력이 낭만주의 시인들의 자연찬미보다 확장된 우주적 관점의 상상력에 근거하고 있음을 확인할 수 있다.

요컨대 고대로부터 이어져 온 철학의 영향과 근대 과학이 융합된 셸리의 생태적 상상력은 물리학의 주전원 운동을 연상시키는 공존의 에피사이클(Epicycle)로 수렴될 수 있다. 추상적인 이데아론과 실재하는 과학적 상상력이 공존한다고 여기는 셸리의 이러한 상상력은 모든 자연물이 제 위치에서 항상성을 유지하면서도 서로에게 영향을 주고받으며 변화하는 유기적인 전체로서 기능한다는 자연관에 근거하고 있다. 셸리의 이러한 자연관은 인문학적 사유이면서도 동시에 다분히 과학적인 상상력이라고 볼 수 있다. 결과적으로 이러한 특징들은 셸리의 상상력이 지닌 현대성을 보여 주는 한편 오늘날 생태비평의 핵심적 관점을 관통하는 생태적 인식의 근거가 된다.

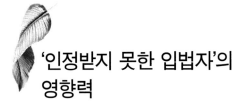

'인정받지 못한 입법자'의 영향력

셸리는 작품 속에서 드러낸 생태적 인식을 현실의 실천적 행동으로 이어가고자 시도한다. 생태 시인으로서 셸리의 상상력과 인식에 주목해야 하는 이유가 여기에 있다. 심층생태주의에서는 인간이 자기중심적인 사고에서 벗어나 생태적 실천을 위해 인식을 변화시키도록 독려하는 일이 강조된다.[68] 셸리 역시 자신의 시를 통해 자아에 대한 통찰과 인식 변화의 중요성을 강조해 왔다. 셸리는 혁명적 낭만주의자이자 무정부주의자, 사회개선론자로 알려져 있는데, 이러한 별명들은 셸리가 자신의 사회 변화에 대한 정치적인 의견을 시 창작과 사회참여 활동 등으로 드러냈기 때문에 붙여진 이름들이다. 셸리의 「서풍에 부치는 노래」, 「1819년 영국(*England in 1819*)」, 『무질서의 가면(*The Mask of Arnarchy*)』 등은 저항시로 잘 알려져 있다. 셸리의 저항시들은 변화에 대한 셸리의 의식이 단순히 관념적 차원에 머물지 않고 실제 대중들의 삶에도 관심을 가지고 있었다는 사실을 방증한다.

역사적으로 셸리가 살았던 시기를 전후하여 영국은 사회 전반에서 유례없는 격동기를 겪고 있었다. 18세기 중엽부터 시작된 산업

자연이 표정을 바꿀 때

혁명과 프랑스혁명이 지나갔고 화학 분야의 획기적인 발전을 포함한 과학사의 변화까지 포함하면 상대적으로는 21세기보다 더한 변혁의 시기였다고 볼 수 있다. 이러한 상황 속에서 셸리는 산업혁명으로 촉발된 계급 불평등에 대한 자신의 의견을 피력하기도 한다. 셸리는 「개혁에 대한 단상 1(*Fragment on Reform 1*)」에서 서민들이 굶주리며 집도 없이 떠도는 당시의 상황을 묘사한 바 있다. 셸리가 이미 1811년에 발표한 소책자 『무신론의 필요성(*The Necessity of Atheism*)』이 학교로부터 기독교에 대한 "불손한" 행위로 간주되어 [69] 퇴학을 당한 계기가 된 점을 상기해 보면, 셸리는 이미 10대 이후부터 기독교 등 종교의 변화에 대한 필요를 느꼈다고 볼 수 있다. 그 때문에 셸리는 사회 개혁가인 루소와 고드윈(William Godwin, 1756~1836)을 존경했으며 고드윈에게 자신을 소개하는 편지를 쓰기도 하고, 자신이 쓴 「아일랜드 국민들에게 보내는 연설문(*Address to the Irish People*)」을 보내기도 했다. [70]

당대에는 셸리의 이상주의가 철학과 과학에 기반을 둔 신화적 상상력으로 새로운 창조 정신과 생태적 사고를 드러냈지만, 동시에 이는 사회 참여이자 저항 정신의 또 다른 형태로 판단할 수 있다. 『맵여왕』, 『해방된 프로메테우스』, 「얼래스터」와 같은 작품에서 새로운 세상과 공존의 공동체를 꿈꾼 것은 현실에 대한 저항과 변화의 필요성을 자각했기 때문이었을 것이다. 셸리의 생태적 인식, 변화에 대한 저항과 개혁 의지는 대부분의 작품들에서 나타나는 공통된 주제이다.

셸리의 『무질서의 가면』은 셸리의 실천적 저항성을 잘 보여 준다.

『무질서의 가면』은 나폴레옹 전쟁 이후 영국이 직면한 개혁의 움직임에 대한 사회 참여시이다. 반정부적인 성향의 민중과 민중 집회를 진압하려는 영국 정부 사이에서 발생한 대량 학살 사건은 이후에 일명 '피털루 학살(Peterloo Messacre)'로 알려지는데, 셸리는 피털루 학살로 촉발된 개혁 운동에 대한 시『무질서의 가면』을 쓰면서 이 시를 쓰게 된 동기를 올리어(Charles Ollier)에게 편지를 통하여 밝힌다.

> 편지가 도착한 날, 나는 맨체스터에서 있었던 사건에 대해 소식을 들었어. 그리고 분노로 인한 폭발은 아직도 피 속에서 끓고 있는 것 같네. 나는 이 파괴자들이 저지르는 잔인하고 살인적인 억압에 대한 감정을 국민들이 어떻게 표현하는지를 듣기 위해서 걱정스럽게 기다리네.

> The same day that you letter came, came the news of the Manchester work, & the torrent of my designation has not yet done boiling in my veins. I wait anxiously here how the Country will express its sense of this bloody murderous oppression of its destroyers.[71]

이 시의 부제는 「맨체스터에서 일어난 학살에 부쳐(Written on the Occasion of the Massacre at Manchester)」이다. 스크리브너(Michael Scrivener)는 『무질서의 가면』을 두고, 셸리가 피털루 학살이라는 사회적인 사건에 정면으로 저항하여 개혁을 향한 운동을 급진적으

로 유도하려는 목표를 가지고 쓴 일종의 정치적인 알레고리라고 평가하기도 한다. [72]

셸리는 당대 귀족들의 궁정 문화의 일종이었던 가면극이라는 소재를 정치에 대한 저항성을 드러내는 상징적인 도구로 사용하고 있다. 셸리는 가면을 귀족과 대중을 상충시키는 이미지로 풍자함으로써 지배 집단의 전복을 꾀한다. [73] 셸리식 저항의 글쓰기는 셸리가 대중들의 관심과 옹호를 유도하기 위해 사용한 독특하고 자극적인 창작 기법이자 실천의 방식으로 볼 수 있다.

> 오월의 발자국 아래의 꽃들이 깨어나듯
> 풀어헤친 밤의 머리카락에서 나온 별들이 흔들리듯
> 소란스러운 바람이 울 때 파도가 일듯
> 발판이 떨어진 곳에서는 어김없이 피어난 생각들.

> As flowers beneath May's footstep waken,
> As stars from Night's loose hair are shaken,
> As waves arise when loud winds call,
> Thoughts sprung where'er that step did fall. [74]

『무질서의 가면』은 민중의 대학살이라는 어두운 사건을 다루는 정치 참여시인데도 셸리는 이 시에서 "꽃", "별", "파도"와 같이 밝고 맑은 이미지를 지닌 시어를 사용하여 정치 참여시의 인상을 간접적으로 드러내고 있다. 이 점 때문에 스크리브너는 이 시에 나타난 셀리의 혁명에 대한 태도가 "모호함(ambivalence)"을 보여 준다고 지적하기도 하였다.[75] 그러나 셀리가 가진 혁명에 대한 모호함은 오히려 독자들에게는 보다 강력한 저항 의지를 각인시켜 주는 일종의 역설적인 긴장을 제공하는 효과를 지녔다고 평가할 수 있다.

이 시에서의 역설적인 긴장은 낭만적인 특성이 다분하지만 창작 동기를 밝히면서 다음 연에서 언급하는 "엎드려 있던 다수"에게 강력한 저항 의지를 심어 주려 한다는 점에서 숨은 의도가 잘 드러난다.

> 그리고 엎드려 있던 다수는
> 피에 흥건한 발목을 보았네-,
> 희망이라는 가장 고요한 그녀는
> 조용한 자세로 걷고 있었네:
>
> 그리고 유령처럼 탄생한 무질서는
> 땅 위에 땅으로 누워 있고
> 바람처럼 길들여지지 않은 죽음의 말은
> 도주하네, 그 발굽으로 짓이겼네
> 뒤에 오는 지독한 살인자 무리를.
>
> And the prostrate multitude
> Looked-and ankle-deep in blood,
> Hope, that maiden most serene,
> Was walking with a quiet mien:
>
> And Anarchy, the ghastly birth,

Lay dead earth upon the earth;

The Horse of Death tameless as wind

Fled, and with his hoofs did grind

To dust the murderers thronged behind.[76]

이 시가 보여 주는 사회의 실상은 어둡고 억압되어 있으며, 권력
층이 대중을 대하는 방식은 그야말로 잔인하다. 셸리는 이 시의
구절에서 "지독한 살인자 무리"인 권력층에게 저항하라는 메시지
를 대중들에게 전달하고 있다. 이때 셸리의 어조는 직설적이고 전
투적이다. 셸리의 이런 방식은 스크리브너가 지적하는 주제의 모
호성을 넘어서면서 혁명에 대한 실천 의지를 명백하게 드러냈다.

짧은 구절을 마치 대중 연설처럼 이어서 쓴『무질서의 가면』은 혁명
을 옹호하는 본격적인 메시지를 전달하면서 끝을 맺고 있다.

선잠 자고 난 사자처럼 일어나라

당신의 사슬을 이슬처럼 땅 위에 뒤흔들라

당신들은 다수이고, 그들은 소수이다.

Rise like Lions after slumber

Shake your chains to earth like dew

Ye are many—they are few.[77]

위 시의 "사자처럼 일어나라"라는 구절을 통해 알 수 있듯이, 셸리
에게는 대중의 혁명 정신을 불러일으키고자 하는 목표가 있었다.

셀리는 변화에 대한 의지와 저항 의식의 필요성을 강조하기 위해 "사자처럼" 일어나 억압의 "사슬을 (…) 흔들라"라고 주문하고 있다. 그런데 혁명의 방법에 대해서는 다소 비폭력적인 태도를 보인다. 이를 두고 블룸이 이 시를 "악마에 대한 비폭력 저항을 옹호하는 시"라고 비평한 바와 같이,[78] 셸리는 그 어떤 행동으로 보여지는 저항보다 강렬한 의지를 우선 불러일으키려 했다는 사실에서는 일종의 불복종의 저항 방식을 보여 준다. 그러나 전체적인 맥락으로 보면 블룸의 언급에서 "비폭력"이 아닌 "저항"의 "옹호"에 대한 부분이 보다 강조되어야 할 것이다. 즉, 이 시에서 셸리는 언제든 폭발 가능한 적극적인 행동력 직전의 강렬한 저항 의지를 옹호하고 있는 것이다.

「아틀라스의 마녀」에서는 "신비한 장치의 인명부(scrolls of strange device)"[79]를 통해 인간이 "함께 살면서 움직여 / 신성한 별처럼 조화를 이룰 수 있는"[80] 세상을 꿈꾼다. 셸리가 현실에 대한 저항 방식을 표현하기 위해 『무질서의 가면』에서는 피로 물든 사회의 실상을 직설적으로 제시하였다면, 「아틀라스의 마녀」에서는 아름다운 마녀의 이미지를 활용한다. 고귀한 혈통으로 태어나 아틀라스의 동굴에 살고 있는 한 마녀가 있다. 마녀의 아버지는 태양의 신 아폴로(Apollo), 어머니는 요정인 아틀란티데스(Atlantides) 중 하나이다. 태양의 신과 요정 사이에서 태어난 마녀는 우리가 으레 떠올리는 이미지와는 전혀 반대인 밝고 아름다우며 희망적인 마녀이다.

자연이 표정을 바꿀 때

그녀는 아름다웠다- 그녀의 아름다움은
　희미한 세상을 밝게 비추고, 주변의 것들을
　순식간에 그림자로 만드는 것 같았다:

For she was beautiful-her beauty made
　The bright world dim, and everything beside
　Seemed like the fleeting image of a shade:[81]

「아틀라스의 마녀」에서 마녀를 아름다운 여성으로 표현한 것은 새로운 세상의 도래에 대한 셸리의 낙관적 사고를 투영한 것으로 해석된다. 양승갑은 「아틀라스의 마녀」에서 마녀의 등장은 "희망이 구체화되고 있다는 것"[82]을 의미하고, 사람들이 "정신적인 변이를 경험"[83]하게 되는 역할을 한다고 보았다.

　밝은 세상을 어둡게 만들 정도의 탁월한 미를 지닌 마녀는 관념
　적 세계를 대표하는 인물로서 이상적인 미를 상징하고 있다는 것
　을 알 수 있다. 셸리는 마녀에게 살아 있는 모든 영혼의 사고를
　압도하는 통제력을 부여하고 있는데, 이는 궁극적으로 자신의
　시에 동참하고 있는 독자가 이러한 마녀가 지니고 있는 권위를
　통해 그녀에게 공감할 수 있도록 하기 위한 의도인 것이다.[84]

　셸리는 의도적으로 마녀의 밝은 이미지와 혁명적 이미지를 혼용하여 시를 썼다. 그리고 셸리는 혁명과 변화는 저항정신과 혁명의 의지를 통해 실천할 수 있다고 강조한다. 『무질서의 가면』과 마찬

가지로『해방된 프로메테우스』에서는 프로메테우스가 인류의 역사를 바꾼 불을 발견한 일을 자아의 재탄생이라는 주제로 재구성하고 있다는 데에 주목할 필요가 있다. 이는 셸리가 신화를 바탕으로 새로운 세상에 관한 이야기를 쓰고자 하는 의도로 창작활동을 했다는 점을 의미한다. 이 점이 셸리의 시에서 의식의 전환을 통한 실천이 강조되는 이유이기도 하다. 새로운 세상의 도래에 대한 의지와 희망이 단순한 구호에 머물기를 셸리는 원치 않았을 것이다.

셸리는 혁명적 낭만주의자로서 시대적 상황과 더불어 당대의 사상가인 루소, 콩도르세(Marquis de Condorcet, 1743~1794)와 정치 평론가인 고드윈 등의 영향을 받은 것으로 알려져 있다. 셸리는 이미 10대에 고드윈의『정치적 정의(Political Justice)』를 읽었고, 1812년에는 고드윈에게『더블린 이브닝 포스트(Dublin Evening Post)』지에 실린 자신의 글「아일랜드 국민들에게 보내는 연설문(Address to the Irish People)」을 보낸다.[85] 인류가 끊임없는 진보를 통해 결국 완전함에 이를 수 있다는 신념을 지닌 것으로 알려진 혁명가이자 수학자, 정치가인 콩도르세 역시 셸리의 이상주의에 영향을 주었다. 루소와 콩도르세는 정치 활동은 물론 교육 제도의 개혁에도 적극적으로 참여했다. 셸리는 당대에 사회 변혁의 필요성을 인식한 혁명가, 교육가, 사회 사상가, 정치가들, 특히 페인(Paine), 울스턴크래프트(Wollstonecraft), 고드윈, 콩도르세 등이 펼친 반제도·반정부 사상 등에 고루 영향을 받게 되었다. 고드윈이 무정부 상태는 실제로 가능하고 인류가 행복해질 수 있다고 믿었던 것[86]처럼 셸리 역시, 새로운 세상이 가능하다고 믿었다. 셸리가 역사적 사건을 계기로 『무질서의 가면』을 썼다는 사실 등을 다시 상기하면, 셸리가 여전히 왜 사회개선론자이자 혁명가의 이미지로 남아 있는지를 이해할 수 있다.

셸리의 사회개선론자적, 혁명가적 면모는 『시의 옹호』에서 보다 직접적으로 드러난다. 『시의 옹호』에서 셸리는 시와 시인의 영향력에 대해 집요하게 언급한다.

> 시인이란 확실히는 알 수 없는 어떤 영감의 해석자이며, 미래가 현재에 드리운 거대한 그림자를 비추는 거울이며, 자신이 이해 못하는 것을 표현해 내는 언어이며, 무엇을 고무시키는지 느끼지는 못하나 전쟁터를 향하여 부는 나팔이다; 움직이게는 하나 스스로는 움직이지 않는 영향력이다. 시인은 세계의 인정받지 못한 입법자이다.

> Poets are the hierophants of an unapprehended inspiration; the mirrors of the gigantic shadows which futurity casts upon the present; the words which express what they understand not; the trumpets which sing to battle, and feel not what they inspire; the influence which is moved not, but moves. Poets are the unacknowledged legislators of the world.[87]

셸리는 시인을 "영감의 해석자", "그림자를 비추는 거울", "전쟁터를 향해 부는 나팔", 행동을 끌어내는 "움직이게 하는 영향력" 그리고 "세계의 인정받지 못하는 입법자"로 규정하고 있다. 여기서 시인을 "영감의 해석자"라고 한 것은 시인에 따라 그 해석의 방식이 다를 수 있다는 의미일 것이다. 셸리가 「얼래스터」, 『맵 여왕』의 서문에서 창작 의도를 밝혔던 것은 그만큼 자신의 작품을 통하여 의도했던 바가 확고했다는 것을 의미한다. 시인을 "전쟁터를 향해 부는 나팔"이라고 칭하는 부분은 시인이 사회의 변혁을 이끄는 선구자가 될 수 있고, 시인의 글쓰기는 그 자체로 대중의 인식을 바꾸는 계기로 작용할 수 있다는 의미를 포함한다. 『무질서의 가면』이나 『첸치 일가(The Cenci)』처럼 실제 사건을 토대로 쓴 현실 참여적 작품들에 시인이 변화를 갈망하는 자신의 의식을 담았다면 시인은 그 자체로 명백하게 혁명을 부르는 나팔 소리가 되는 것이다.

시인이 "혁명의 나팔"이 된다면, 그것은 사회의 변화를 가능하게 하는 중요한 역할을 하고 결국 그 시도로 인해 사회는 그 모순된 시스템을 변화시킬 수 있는 동력을 얻는다. 바로 이 순간 시인은 "인정받지 못한 입법자"의 역할을 할 수 있다. 셸리는 『시의 옹호』에서, 시는 일반적으로 "상상력의 표현"[88]이지만 분명 그 역할과 영향력에 있어서는 단순한 이야기와 구분된다고 확언한다.[89]

작가로서 셸리가 드러내고자 하는 옹호의 대상은 단순한 시가 아니라 사회 속에서 인류의 역사와 함께하는 시와 시인의 역할, 그 자체에 있다. 이러한 사실은 셸리가 "시의 사회적 영향력"을 반복적으로 강조한다는 점[90]에서 명확해진다. 셸리가 '시가 무엇인가', '시인이란 누구인가'라는 질문은 "시인들이 사회에 끼치는 영향력"이

어느 정도인가라는 질문과 동일한 것[91]이라고 주장하는 것처럼, 셸리는 줄곧 시인의 사회적 영향력과 책무를 강조해 왔다. 또, 셸리는 시인을 "어두운 곳에서도 고독하게 노래 부르며, 그 고독을 통해 타인을 기쁘게 하는 나이팅게일"[92]로 불렀다. 이는 시인이 대중에게 지대한 영향을 미칠 수 있는 존재이면서, 의지에 따라 세상을 바꿀 수 있는 가능성과 잠재력을 지닌 존재라는 인식을 피력한 것이다.

『시의 옹호』는 본래 1820년에 『개혁에 대한 철학적 고찰(A Philosophy View of Reform, 1819-1820)』이라는 제목으로 발표되었는데, 제목을 수정하여 1821년에 『시의 옹호』로 출간되었다. 『개혁에 대한 철학적 고찰』이라는 원제가 개혁에 관한 셸리 자신의 의견을 피력하는 글이라는 인상을 준다면, 수정된 제목 『시의 옹호』는 그 글이 셸리 자신의 시론에 관한 문학적 논고로 보일 수 있는 여지를 준다. 『시의 옹호』가 원래 정치적인 의미에서 출발한 사실을 감안하면, 『시의 옹호』는 셸리의 시론을 드러내는 문학 에세이가 아니라, 셸리 자신의 시인관과 인생관까지 아우르는 철학이자 논고로 평가할 수 있다.

따라서 『시의 옹호』에서 시와 시인에 대한 셸리의 옹호는 글자 그대로의 시와 시인을 넘어 사회적인 범주로 확대하여 해석할 수 있다. 또한 『개혁에 대한 철학적 고찰』이라는 원제를 통해 볼 때, 『시의 옹호』는 사회적이고 정치적인 참여의 의미로서 사회에 참여하는 시와 시인의 역할에 대해 옹호하는 내용을 담은 논고임을 알 수 있다. 셸리가 말하는 "인정받지 못하는 입법자"로서의 시인의 역할은 모호하고 추상적인 표현이 아니라, 시라는 통찰력과 반성을 바탕으로 이상주의적인 사상을 현실에서 실천하려는 작가적 책무를 표현하고 있다는 결론에 이르게 된다.

이처럼, 셸리는 자신의 삶 자체를 시와 시인이라는 다소 낭만적인 상징으로 표현하면서도, 작품 속에서는 지속적으로 과거, 현재, 미래의 관계를 재상정하는 과정을 통해, 셸리 자신의 이상향에 대한 실험과 실천을 반복하고 있었다. 이러한 점에서 셸리는 혁명적인 낭만주의 시인이었다.

셸리는 사회 개혁에 참여하되, 『무질서의 가면』이나 「아틀라스의 마녀」, 『시의 옹호』에서 독자 또는 대중들의 의식 변화를 유도하고자 했다. 이러한 그의 시도는 현대적 관점에서 생태적 인식으로의 전환과 실천으로 해석할 수 있으므로 시사하는 바가 크다. 이는 현대의 미국 시인들, 곧 소로우와 제퍼스 그리고 스나이더의 경우처럼 자연에 대한 거시적인 관점의 명상에서부터 삶의 거주지를 옮기는 직접적인 실천을 가능하게 하는 환경 인지의 변화를 이끌어 내는 과정과 유사하다고 볼 수 있기 때문이다.

셸리는 『맵 여왕』, 『해방된 프로메테우스』, 「아틀라스의 마녀」 등을 통해 압제에서 해방된 인간적 삶이 실현될 수 있다는 점을 보여 주고자 했다. 그리고 셸리는 평등에 대한 대중의 인식의 변화를 이끌 소재로 신화를 차용하거나 활용하였다. 이러한 셸리의 시도가 21세기의 생태비평의 관점으로 해석될 수 있다는 점은 그가 『시의 옹호』에서 밝힌 것처럼, 시인의 보이지 않는 "영향력" 때문이라는 점을 부인하기 어렵다.

자연이 표정을 바꿀 때

셀리는 몇 편의 장시와 극시의 형식을 통해 시도한 바대로, 인간이 진정으로 추구해야 할 이상 세계를 제시하고자 했다. 셀리가 추구하는 이상 세계는 시인의 상상력을 통해 창조되는 시를 통해 독자들의 인식이 변화할 때에야 가능한 세계이다. 셀리는 『맵 여왕』에서 여왕의 입을 통해 이상향에 도달하는 방법이 무엇인가를 제시한다.

> 자연의 소리처럼 크고 웅장한
> 이성의 소리가 세상의 모든 국가들을
> 깨우게 될 때, 인간은 불화와 전쟁의 모든 고통이
> 악덕이고, 평화와 행복과 조화가
> 미덕이라는 것을 깨닫게 될 것이다.

> And when reason's voice,
> Loud as the voice of Nature, shall have waked
> The nations; and mankind perceive that vice
> Is discord, war and misery; that virtue
> Is peace and happiness and harmony.[93]

이처럼 셀리에게 최고의 선이자 미덕이며 인간이 지향할 수 있는 최고의 이상향은 "평화와 행복과 조화"가 존재하는 때이며, 이는 세상을 향한 자연의 소리와 같은 큰 울림으로 가능하다. 『시의 옹호』에 따르면 시인이야말로 이 "미덕"을 인지하고 있는 인물이어서 시인은 끊임없이 "자연의 소리처럼 크고 웅장한" 소리, 즉 자신의 시로 대중을 독려해야 한다. 셸리는 『무질서의 가면』에서 "과학과 사유와 시는 / 그대들의 등불"[94]이라고 언급한다.

셸리를 동시대의 낭만주의 시인인 워즈워스와 구분 짓는 특징으로 시와 시인의 기능에 대한 견해는 중요한 근거가 되기도 한다. 일차적으로 셸리는 워즈워스처럼 관찰자로서 자연 찬미에 시의 목적을 두지 않는다. 실제로 셸리는 「워즈워스에게(*To Wordsworth*)」를 통해 직접적으로 워즈워스를 비판하기도 했다.

> 자연을 노래한 시인이여, 당신은 울었소
> 만물이 한 번 가면 다시 돌아올 수 없다는 것을 알고,
> (…)
> 그대는 하나의 외로운 별과 같았소, 그 빛은 빛났었소
> 겨울의 깜깜한 풍랑 속에 있는 조각배 위에:
> 그대는 마치 반석 위에 지어진 피난처처럼 서 있었소
> 눈멀고 서로 다투는 군중들 위에:
> 영예로운 빈곤 속에서도 그대의 음성은 지어 불렀소
> 진리와 자유에게 바치는 거룩한 노래들을,
> 이러한 것들을 포기하고, 그대는 나를 슬픔에 버려두고 떠났소,
> 지금까지 지켜온 모습을, 그대, 버리시다니요!
>
> Poet of Nature, thou hast wept to know
> That things depart which never may return:
> (…)

자연이 표정을 바꿀 때

Thou wert as a lone star, whose light did shine
On some frail bark in winter's midnight roar:
Thou hast like to a rock-built refuge stood
Above the blind and battling multitude:
In honoured poverty thy voice did weave
Songs consecrate to truth and liberty,—
Deserting these, thou leavest me to grieve,
Thus having been, that thou shouldst cease to be[95]

셸리는 "자연"의 가치를 인정하고 찬미한 워즈워스의 입장에는 전적으로 공감한다. 더불어 "풍랑" 속에서 '등대'와 "피난처"를 제공한다는 시의 기능에 대해서도 동의한다. 그런데 셸리가 워즈워스에게 보이는 직접적인 비난은 "눈멀고 서로 다투는 군중"들을 위해 수행해야 할 시인의 기능에 대한 것이다. 시인은 단순히 시라는 "빛"만을 제공하고, 마치 그레이(Thomas Gray)의 시구처럼 "미친 군중으로부터 멀리" 떨어져 물러서 있어서는 안 된다는 것이다. 블룸 역시 "워즈워스는 단순한 치유자이고 셸리는 그런 그를 시를 통해 비난한다"[96]라고 주장했다.

셸리의 작품 속에서 시인으로 대변되는 자아는 현실을 타파하려는 열정과 창조적 재능 그리고 인간과 자연을 하나의 우주 속에서 아우르는 상상력을 지니고 있다. 셸리의 작품들에서 등장하는 시와 시인이 추구하는 최고의 가치는 진리, 미, 선 등으로 귀결되어 간다. 셸리는 "시는 삶의 영원한 진리 안에서 표현된 최상의 이미지"[97]라고

하였으며, 시를 인간의 의식을 일깨우는 상상력의 도구로 보았다.

시는 인간의 의식이 이해하지 못하는 수많은 사상들을 부여함으로써 의식 그 자체를 일깨우고 확장시킨다. 시는 세상의 미를 가리는 막을 제거하며, 익숙한 물체를 익숙하지 않은 것으로 만들며, 시는 시가 표현하는 모든 것을 재생산하며, 천상의 빛에 쌓인 체현(體現)을 인간의 의식 속에 자리 잡게 한다.

It awakens and enlarges the mind itself by rendering it the receptacle of a thousand unapprehended combinations of thought. Poetry lifts the veil from the hidden beauty of the world, and makes familiar objects be as if they were not familiar; it reproduces all that it represents, and the imper-sonations clothed in its Elysian light stand thenceforward in the minds of those who have once contemplated them.[98]

"천상의 빛"을 경험한 시인은 프로메테우스가 그랬던 것처럼 자신의 과거를 통해 인간의 의식 속에 비전을 심는 역할을 할 수 있다. 이는 시를 통하여 인간의 의식 속에 자리하고 있는 내재적 가치를 직시하는 것이 결국 인간이 살고 있는 땅 위의 현실을 변화시키는 출발점이 된다는 것을 의미한다. 바로 이 점이 셸리의 시들을 생태적 인식과 의식적 실천이라는 두 가지가 조화를 이루는 인식과 실천의 시학으로 볼 수 있는 근거를 제공한다.

셸리가 대중을 위한 혁명의 필요성을 직감하고 더 나은 세상을 만들기 위해 의식적인 노력과 실천을 했다는 사실은 현대의 환경 운동가와 심층생태 시인들이 보여 주는 삶의 궤적에서도 나타난다. 셸리의 사상은 예이츠(William. B. Yeats) 등을 비롯한 시인은 물론 미국의 생태 사상가인 소로우의 실천 의식과 결합해, 간디의 비폭력 불복종 운동 등에 이르기까지 다양한 분야의 사회 참여와 의지에 영향을 주었다. 모튼은 셸리가 사회 변화의 필요와 가능성을 주장한 것을 계기로 생긴 "급진적 셸리(Red Shelley)"라는 별명 대신에 "생태적 셸리(Green Shelley)"를 제안한다.[99] 모튼은 『셸리와 고상한 혁명: 몸과 자연 세계(Shelley and the Revolution in Taste: The Body and the Natural World)』에서 "셸리에게 있어 인간은 자연의 마음(mind)이자 자의식(self-awareness)"[100]이라면서, 채식주의자로 알려진 셸리의 혁명성이 생태적 인식과 직접적으로 연관성이 있음을 제시한 바 있다.

셸리의 시적 상상력과 그 책무는 생태비평의 핵심인 '통각'과 관련된다. 여기에서 통각은 개개인의 의식의 변화의 문제와 연결된다. 따라서 생태비평의 측면에서 셸리의 시적 상상력은 당대의 어느 시인들보다 앞선 혜안이라고 할 수 있다. 셸리의 시에 등장하는 시인은 '시를 쓰는 사람'이 아니라 의식의 변화와 실천의 가능성을 지닌 의지가 있는 모든 개개인을 의미한다고 볼 수 있다. 셸리의 새로운 생태적 상상력은 모튼이 언급하는 환경 위기의 시대에 적합한 확장된 부분과 전체로서의 '생태적 인식'[101]과 연결되며, 스나이더의 '실천'의 의미에서 핵심인 '변화하고자 하는 의식적 노력'이라는 범주에는 셸리의 저항과 옹호의 방식을 통한 시인의 영향력이 맞닿아 있다고 본다. 그리고 누구든 변화의 인식을 가지고 영향력을 발휘할 수 있는 한 자신들의 인생에서 시인이 될 수 있다. 결국 셸리가 시인의 책무를 강조하는 이유는 바로 여기에 있다.

암브로스터(Karla Armbruster)와 월러스(Kathleen Wallace)는 『생태비평의 영역 확장을 위한 자연기 문학을 넘어서(Beyond Nature Writing Expanding the Boundaries of Ecocriticism)』를 통해 그 야심찬 제목이 제기하듯 생태비평의 영역 확장을 위하여 우선적으로 전통적인 자연기 문학의 영역을 확장하자고 제안한다.[102] 그리고 이러한 영역 확장은 결과적으로 "실천"의 문제로 귀결된다고 소개문에서 밝히고 있다.

> 이 섹션에서 다루는 첫 세 편의 논문들은 전통적인 자연기 문학보다 폭넓은 대중들에게 도달할 수 있는 장르를 고찰함으로써, 어떤 종류의 텍스트에 담긴 메시지가 우리 문화 속에 존재하는 대다수에게 도달할 수 있으며, 이러한 텍스트들이 생태비평의 실천을 위하여 어떤 새로운 문제들을 제기할 수 있는가에 대하여 의문을 제시한다는 점에서 중요한 역할을 한다.

> By examining genres that may reach a wider audience than traditional nature writing, the first three essays in this section do the important work of asking what kinds of textual messages are reaching the majority of people in our culture and what new issues these texts can raise for the practice of ecocriticism.[103]

이들이 대상을 "독자(reader)"가 아닌 "대중(audience)"으로 선별하여 사용하는 것은 그만큼 자연기 문학의 영역 확장이 시급하기 때문이다. 이렇게 볼 때, 시와 시인의 기능이 대중들에게 직접적인 영향력을 미쳐야 한다는 셸리의 인식을 담고 있는 텍스트는 생태 비평의 실천을 위한 하나의 선례로 작용할 수 있는 것이다.

셸리는 정치가로서 활동한 까닭에 여타의 낭만주의 시인에 비해 덜 주목받은 것이 사실이다. 낭만주의 시대에 활동했던 진보 언론인으로 알려져 있는 칼라일(Richard Carlile, 1790~1843)은 종교로부터 교육의 완전한 독립, 여성 해방 등 당대로서는 진보적이고 혁명적으로 받아들여진 내용들을 주장했던 인물이다. 칼라일은 셸리가 죽은 후 셸리의 『맵 여왕』을 일반 대중들에게 배부한다. 칼라일은 셸리가 글과 실천적 행동으로 사회 변화를 이끌어내기 위해 정치인, 언론인 등과 함께 활동하거나 그들의 의견을 자신의 작품을 통해 드러낸 일 등을 알리면서 셸리가 새로운 세상에 대한 확신과 열정이 강렬했음을 대중에게 시사하고자 노력하였다. 이는 셸리가 강조하는 사회 변혁의 필요성은 물론 시인이 끼치는 사회적 영향력을 알 수 있는 사례라 할 수 있다. 셸리는 『시의 옹호』에서 "혁명적 견해를 지닌 모든 작가들은 시인이다(all the authors of revolutions in opinion are … poets)"[104]라고 언급한 바 있다. 이 언술에서 셸리는 자기 자신은 물론 변화를 추구하고 이를 실천하는 이들을 모두 시인이라고 보고 있다. 셸리의 작품들은 대부분이 혁명에 대한 상징을 담고 있다는 공통점이 있다. 이것은 셸리가 자신의 일생 전체의 중점을 삶의 미래 변화 가능성에 두고 있음을 의미한다.

  결과적으로 셸리의 작품에서 드러나는 공통 주제들은 그것이 우주적 질서를 유지하는 하나의 통합체이며 구성원으로서의 자연과 인간을 둘러싼 모든 존재물에 대해 거시적이고 우주적 관점으로 바라보아야 한다는 점을 강조하고 있다. 의식의 전환은 인간이 상상력을 활용하여 끌어낼 수 있는 '가능성' 그 자체이다. 따라서 변화의 첫 단계인 '의식의 변화'와 다음 단계인 '변화를 위한 실천'이라는 두 가지는 셸리의 시를 관통하는 사상으로 나타나며, 특히 시를 통하여 목표의 실현이 가능하다고 확신하는 셸리에게 시를 위한 옹호는 필요했던 것이다.

  사회의 변화를 발생시킬 수 있는 시인의 강력한 영향력은 『시의 옹호』의 마지막 부분에 그 핵심이 드러난다. 셸리는 시인은 영감의 "해석자(hierophants)", "거울", "언어"라고 주장한다. 셸리는 시인이 그 세계의 변화에 영향력을 행사한다는 의미로 입법자의 역할을 부여한다. 그러나 그 자신이 그랬던 것처럼 시인은 "인정받지 못하는 입법자(the unacknowledged legislators)"[105]이다. 셸리 이전의 시인들에게 상상력은 '공상(fancy)'이었으며, 플라톤에게 그런 상상력을 지닌 시인은 '이상국에서 추방되어야 할 광인'이었다. 그러나 셸리는 시인들의 상상력에 현실 세계의 '입법권'을 부여한다. 시인의 상상력이 인간의 현실을 개조할 수 있다는 것이다. 이처럼 대중 또는 개인의 의식의 변화를 통해 세상의 변화를 끌어내려 한 실천적 시인이라는 측면에 그의 생태적 인식을 더하여 보자면, 셸리는 생태적 사상가로 분류되어야 한다.

자연이 표정을 바꿀 때

PART 3

제퍼스

: 생태적 비인본주의자의
실천적 명상

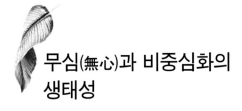

무심(無心)과 비중심화의
생태성

　미국 문학사에서 최고의 명성을 얻으면서 동시에 지탄을 받은 시인은 제퍼스이다. 제퍼스는 '신'에 관한 지속적이고 도발적인 인식으로 늘 논란의 중심에 있었다. 제퍼스는 작품 속에 자신만의 범신론적 관점으로 신의 존재를 거부하거나 인간의 삶 자체를 욕망으로 표현한 방식으로 인해 학계의 극단적인 평가를 경험한다.[106] 그러나 1990년대 이후 생태비평계로부터 심층생태 시인으로 인정받으면서 새롭게 평가되기 시작한다.

　제퍼스는 1924년에 발표한 『타마 시선집(*Tamar & Other Poems*)』으로 대중에게 주목받기 시작하였다. 『뉴욕 헤럴드 트리뷴(*New York Herald and Tribune*)』의 로티(James Rorty)는 "이제까지 미국에서 이러한 시는 없었다"라며 극찬했다.[107] 제퍼스는 셸리와 유사하게 주로 장시(長詩) 양식을 선호했고 극시 형태를 시도했다. 제퍼스의 작품은 서사적 성격을 띠었으며 독백체가 주로 사용되었다. 서사시와 신에 대한 몰두, 신화적 소재를 차용한다는 점을 강조하며 젤러(Robert Zaller)는 제퍼스를 "영웅의 탄생"이라고 평가한 바 있다.[108]

　제퍼스는 캘리포니아 해변의 카멜 지역에 직접 돌집을 짓고 "토르 하우스(Tor House)"로 이름 붙인 뒤 이곳에 거주하면서 시를 썼다. 자연스럽게 제퍼스의 시 대부분은 자연과 인간, 특히 카멜의 삶을 소재로 하고 있다. 현재 제퍼스의 집과 주변 지역은 관광객들에게는 20세기 생태 시인의 유적지로 인정받고 있지만, 제퍼스의 비인간중심주의 사상에 대해 회의를 느끼는 비평가들에게는 단순히 어느 자연 시인의 명상의 장소로 평가되기도 한다. 제퍼스의 시 중에는 비교적 최근인 2000년 이후에 공개된 새로운 작품들도 있는 만큼 제퍼스의 연구에 대한 학문적 평가는 여전히 진행 중이라 할 수 있다.

> 최근까지도 초기의 시들 중 상당량은 아직도 미출간 상태로 남아 있었고 어느 정도는 채 발견되지도 않았다. 이러한 이유로, 제퍼스의 시작(詩作) 과정은 약 반세기 이상 전에 그가 처음으로 인정을 받았을 때 마찬가지로 여전히 모호하다.

> The great bulk of the early verse remained unpublished and in part undiscovered until recently. As a consequence, the process of Jeffers' poetic development has remained nearly as obscure as it was when he first gained recognition more than half a century ago.[109]

이처럼 제퍼스는 시인으로서의 입지와 발자취에도 불구하고, 당대의 다른 시인들에 비하여 연구가 미약하다. 제퍼스의 생태적 거주로의 회귀 혹은 실천은 소로우와 스나이더에 비해 주목을 덜 받아 왔으며, 제퍼스의 활동 시기나 사상적인 면에서 충분히 설득력이 있는데도 불구하고 소로우와 스나이더를 잇는 자연스러운 연결 고리로 제퍼스를 다루는 연구 역시 드물었다.

국내에서 제퍼스에 관한 연구는 셸리와 비교할 때에도 소수에 불과하다. 현재까지 제퍼스를 다룬 학위 논문은 없다. 제퍼스 연구뿐 아니라 제퍼스와 기존 작가들을 비교한 학위 논문 역시 없는 실정이다. 국내에서의 전문학술지를 통한 연구는 일부 있으나,* 제퍼스가 1962년에 사망한 점을 참고하면 국내에서의 제퍼스 연구는 그의 사후 반세기가량이나 지난 시기에, 또한 환경 운동과 생태 문학에 관한 실천적 연구의 필요성이 제기되기 시작한 1970년대 이후에도 30여 년이 지나서야 소수에 의해 그 맥이 유지되고 있다. 제퍼스에 관련된 연구 주제는 대부분 제퍼스의 "이데올로기", "미", "생태적 인식" 등이었다. 특히 제퍼스 시의 생태이념으로서의 도가 철학(김원중), 동양시학적 측면(김구슬)에 관한 연구들은 제퍼스의 이상향을 심층생태적 측면과 동양적 관점으로 바라보고 있다는 점에서 눈에 띈다. 이는 제퍼스가 단순하게 하나의 관점에만 머문 은둔 시인이 아니라 서양인의 전통과 문화를 기초로 동양적 사고

---

* 김은성(2003, 2009, 2010, 2011, 총 4편), 전득주(2013, 2014, 총 2편) 심지영(1998), 김구슬(2004), 김원중(2008), 정선영(2013)(이상 각 1편) 등을 통해 1990년대 후반에 1편, 2000년 이후 총 10편가량이 게재되었다. 김은성은 「로빈슨 제퍼스의 인간관과 생태적 인식」(2003)을 주제로 하여 심층생태 시인으로서의 제퍼스 연구의 본격적인 시작을 알린다. 심층생태 시인으로서의 제퍼스에 관한 국내 연구 시도로는 2013년에 2편(전득주, 정선영), 2014년 1편(전득주)이 있었다.

　　　　　　　　　　　　　　　　　자연이 표정을 바꿀 때

의 핵심 또한 담고 있는 명상가이자 수행자라는 방증일 것이다.

해외의 경우 미국의 자연주의 문학, 자연시인이자 심층생태 시인의 비전과 관련된 제퍼스 연구가 박사학위 논문을 통해 다루어져 왔다.* 1990년대 들어 환경문학가들은 심층생태 시인으로서의 제퍼스의 면모를 재조명하기 시작했다. 그럼에도 불구하고 여전히 대부분은 그를 미국 문학의 자연주의와 생태주의 흐름에 다소의 영향을 준 자연시인 중 한 사람으로만 다루는 분위기이다. 결론적으로 제퍼스의 사후 50여 년간 그에 관한 대부분의 중심어는 '비(반)인본주의(inhumanism)', '우주', '폭력성', '미' 등등이다. Part 3에서는 먼저 제퍼스의 작품과 그가 제시한 핵심 용어를 중심으로 제퍼스가 어떤 점에서 심층생태 시인으로 인정받을 수 있는가를 검증하고자 한다. 이는 제퍼스를 다루는 지금까지의 일반적인 방식, 즉 자연기 문학이라는 흐름에서의 한 부분으로 다루거나 타 시인과 비교하는 방법론에서 벗어나 자연기 문학에서의 제퍼스의 독자적인 입지를 보다 강화하려는 데 일차적인 목적이 있다.

제퍼스가 자연에 대한 탐구에 집중했다는 점과 탈인간중심주의적 사고는 표면적으로도 인간에 대해 무관심한 무심(無心)의 생태적 인식으로 평가될 수 있다. 인간중심주의에서 벗어나 객관적인 입장에서 인간으로서의 자연, 자연으로서의 우주를 관찰하려는

---

* 1980년 초까지의 동향을 보면, 1970년대에 여러 연구자들이 박사학위를 받았다. 그들의 논문 주제는 대부분 그에 관한 기독교적 관점에서의 해석, 서사시에 대한 연구였다. Robert Zaller. *The Cliffs of Solitude: A Reading of Robinson Jeffers.* Cambridge: Cambridge UP. 2003. pp. 255-256 참고.

제퍼스의 의도는 인간성을 배제한 비인간적인 것으로 평가되었지만, 이를 달리 보자면 인간이 모든 만물의 중심이라는 의식에서 분리될 수 있어야 심층생태주의에서 추구하는 내재적 가치와 생명권의 평등으로 나아갈 수 있다는 혜안을 드러낸다고 볼 수 있다. 즉, 무심과 함께 탈인간중심화는 자연과 인간의 평등성을 실현하기 위한 의식적 분리이자 회복의 첫 단계인 셈이다.

제퍼스는 1910년대부터 1962년까지 창작 활동을 했다. 제퍼스의 생태적 인식과 자연관은 그가 시도했던 시의 형식 실험과 직설적인 시어로 인해 활동 당시에는 주목받지 못했다. 그 탓일까, 제퍼스는 다작의 작가임에도 불구하고 생전에 모든 작품을 출간하지 못했다는 점에서 셸리와 닮아 있다. 당대에서 근래에 이르기까지 공개된 제퍼스의 시에 담긴 주제는 대부분 신과 인간에 대한 탐구였으며 그 초점은 인간과 인간성의 본질과 결함을 찾는 데 있는 것으로 알려져 왔다. 그러나 제퍼스가 시도했던 신과 인간에 대한 탐구는, 신과 인간 그 자체에 대한 탐구가 아니라 자연의 일부로서의 인간에 대한 지속적이고 끊임없는 관심이라고 볼 수 있으며, 이는 소로우나 스나이더와도 유사한 사유의 방식이다. 글래이저(Kirk Glaser)도 "제퍼스는 자연의 탁월함과 자연에 대한 인간의 생태적 인식에 대해, 뮈어(John Muir)나 소로우와 같은 작가들이 탐구했던 자연에 대한 현대적인 관점, 그리고 스나이더와 원주민 전통의 문학가들이 전체로서의 자연을 탐구하는 방식을 그려내고 있다"[110]라고 주장한 바 있다.

‘비인본주의’는 제퍼스의 생태적 사유의 기저를 형성하고 있다. 제퍼스의 생태인식을 규명하기 위해서는 흔히 ‘비인간주의’ 혹은 ‘반인본주의’로 이해되어 오던 그의 핵심 사상, ‘inhumanism’에 대한 올바른 이해가 필수적이다. 이 독특한 사상으로 인해 제퍼스는 인간에 대한 냉정한 시선을 가졌으며, 신에 대해 모독했다는 비판을 받았다. 「어떤 구세주(*A Redeemer*)」에서 제퍼스는 예수를 연상시키는 “박해의 상흔”[111]이 있는 남자를 등장시키면서 신의 영역에 정면으로 도전한다. 제퍼스는 이 대화에서 예수가 인간을 구원한 것이 아니라 인간이 스스로를 구원할 수 있었다고 주장한다.

> ‘나는 그들을 사랑합니다. 나는 그들을 위해 고통을 받으려 합니다. (…)’
> ‘당신 그 상처들은,’ 내가 물었지요, (…)
> ‘내 고통은,’ 그는 자신 있게 말했다. ‘나 스스로 만든 것이오.’

> ‘I love them, I am trying to suffer for them. (…)
> ‘You think of the wounds,’ I said, (…)
> ‘My pain,’ he said with pride, ‘is voluntary.’ [112]

이 시의 일차적인 목적은 예수의 신성(神性)을 인간화하거나 일반화하는 데 있는 것이 아니라, 오히려 신인동형설(神人同形說)을 빙자한 인간의 신성과 인간 스스로 부여한 권한을 박탈하려는 데 있다. 이와 같이 이 시는 인간이 우주 전체의 지배자라는 인간중심사상에서 벗어나야 한다는 인식을 함의하고 있다. 이러한 점에서 시의 제목이 표방하는 "어떤 구세주"의 의미는 보다 명확해진다. 자신을 구속하는 세계에서 정신적으로 벗어날 수 있어야 진정한 자아의식에 도달할 수 있듯이, 이 시에서 "어떤 구세주"는 스스로를 구할 수 있는 정신력과 의지를 지닌 인간 개개인을 의미하는 것이다. 세상을 변화시키는 힘은 인간만이 모든 존재들의 중심이라는 제한적인 의미의 인본주의에서 벗어나려는 적극적인 의식, 곧 비인본주의에서 출발한다. 따라서 '비(非)' 혹은 '반(反)'이 지니는 절대적인 부정의 의미보다는 하나의 중심을 부정함으로써 그 너머에 존재하는 새로운 중심이라는 의미를 담고자 한다면 제퍼스의 inhumanism을 '비인본주의'로 이해하는 것이 적당하다고 할 수 있다. 아울러 이는 심층생태주의에서 지속적으로 강조해 오고 있는 생태적 인식의 깨달음의 측면과 마찬가지의 관점이기 때문이다.

제퍼스는 「비인본주의자(*The Inhumanist*)」에서 인류의 문화와 역사적 전통까지 전복시키고자 한다. 이는 곧 신과 인간, 인간과 자연 사이의 힘의 논리를 반박하려는 시도이다. 심오하게는 자연이 인간을 위해 군림하는 것이 아니며, 인간 또한 자연 위에 존재하는 것이 아니라는 인간중심적 사고에 대한 전복을 의미한다.

자연이 표정을 바꿀 때

"그것(사물의 아름다움)*은 안정보다 더 높은 차원이다: 깊은 평화
이자 종국의 기쁨
위대한 우주가 살아있다는 것을 아는 것, 인간이 죽거나 그렇지
않는다고 해도.
(…)
그것은 비록 인간에게 흥미를 제공하기는 하나, 그것은 인간의
흥미를 위한 것은 아니다. 그것은 사물들의 생명이다,
그리고 신의 본성이다.

"it is more than comfort: it is deep peace and final joy
To know that the great world lives, whether man dies or not.
(…)
It is not for human titillation, though it serves that. It is the
life of things,
And the nature of God." [113]

　"높은 차원에서" "위대한 우주가 살아있다는 것을 아는 것"이야
말로 제퍼스가 추구하는 진정한 비인본주의이다. 제퍼스의 이러한
사고방식은 「비인본주의자」와 「어떤 구세주」 등에서 다소 직설적으
로 드러나고 있으며, 자연의 섭리를 거스르는 인간과 자연에 대한
이원론적 사고를 뒤바꾸려는 혁명적 발상으로 이해할 수 있다. 『비
인본주의자』라는 제목에 드러나는 혁명적이고 직설적인 이미지는

---

* 　괄호는 해석의 편의를 위하여 필자가 추가한 것임.
　(본 원고의 인용은 모두 필자의 번역이며, 필요한 경우 필자 강조나 추가로 표시하였
　다.)

신을 거부하는 과정을 통해 인간과 자연의 중심과 비중심의 논리를 재상정하려는 의도가 내재되어 있다. 그 때문에 『비인본주의』라는 제목에 대해 인간이기를 거부한 탈인간중심주의, 인간과 자연 어느 쪽에도 우위를 두지 않으려는 무심의 자연관이라고 해석하는 것은 타당하다고 할 수 있다.

요컨대 비인본주의를 주창하는 제퍼스의 인식이 단순히 인간을 거부하는 것에서 끝난 것은 아니었다. 제퍼스는 사물들이 타고난 본성을 회복해야 한다고 주장하였다. 제퍼스는 자신의 이러한 인식을 실천하기 위해 무심의 시학을 통해 자연 파괴에 대한 우려의 목소리를 전달하고 나아가 모두가 공존하는 새로운 세계를 구축하고자 하였다.

> 내가 추측하기로는
> 기후 변화가 광활한 북부의 삼림지대를 죽이고,
> 인간과 같은 유인원들을 나무에서 떨어뜨릴 것이다,
>
> I will make a guess
> A change of climate killed the great northern forests,
> Forcing the manlike apes down from their trees,[114]

이 시에서 제퍼스는 인간을 "유인원"으로 비하한다. 그러나 제퍼스의 초점은 인간이 아니라 "기후변화"를 초래한 인간의 문명과 물욕에 있다. 최근의 대규모 기상 이변 현상을 의미하는 엘니뇨(El

자연이 표정을 바꿀 때

Nino)와 라니냐(La Nina)를 감안할 때, 제퍼스의 환경 위기에 대한 예견과 경고는 정확하다.

제퍼스가 자신의 시에서 환경 위기의 문제에 주목한 것은 그가 활동했던 1910년대부터 1960년대 초 무렵 세계정세가 급격하게 변화하기 시작하면서부터이다. 글래이저는 제퍼스가 자신의 시에서 인간중심적 자아와 타자인 자연, 특히 땅과의 통합을 추구한다고 평가한다.[115] 이러한 측면에서 그의 '비인본주의'는 인간과 자연이라는 경계를 구분하기 위해 의도적으로 사용한 강렬한 문학적 장치일 뿐, 신의 존재를 실제로 부정하거나 기독교적인 신의 존재를 비판하기 위해 활용한 종교적인 용어는 아니라는 점은 명확하다. 제퍼스의 비인본주의는 심층생태 시인이 견지하는 관점에서 인간이기를 거부하는 반사회적 의미의 핵심 사상이 아니라, 오히려 그 안에 역설적으로 "비인간주의의 인간애"*가 내재되어 있다고 본다. 제퍼스가 비평가들은 물론 대중에게 오해를 받음에도 불구하고 『시의 옹호』를 쓴 셸리와 달리 자신의 시학을 옹호하는 어떠한 철학적 논고를 쓰지 않고 오직 시를 통해서만 자신의 핵심 사상을 표현해 온 것은, 시의 가장 중요한 특성인 '함축'과 '상징'을 십분 활용하려는 의도일 것이다.

---

* 제퍼스의 생태적 인식은 유기적 전체를 향하고 있으며 그의 핵심 사상을 "비인간주의의 인간애"로 보고자 시도한 논문에서 이 용어를 사용한 바 있음. 정선영, 「유기적 전체의 지향: 제퍼스와 스나이더의 생태 인식」, 『문학과 환경』, 2013, p.241 참고. 여기서 사용한 '비인간주의의 인간애'의 의미는 이 책에서의 '비인본주의'와 상통하며, 국내에서는 현재까지 "비인간주의"로 대부분 번역하고 있었으므로 이를 사용하였음.

몬지안(Mercedes C. Monjian)은 제퍼스의 비인본주의 저변에는 매우 복잡한 철학 체계가 깔려 있다고 보았다.

제퍼스의 시에서는 스토아 학파의 단호한 규율과 니체의 이성론, 루크레티우스의 원자설에 기반한 자연주의, 스펭글러의 역사순환이론들이 나타나고 있다. 그런 시인들과 철학자들의 사상은 비인본주의에 기여해 왔다; 제퍼스는 그것들을 통합하여 20세기적 개념인 하나의 새로운 이론으로 재편했다.

Also in the poetry of Jeffers may be seen the stern discipline of stoicism, Nietzsche's sense of mission, the atomic natural-ism of Lucretius, the cyclical theories of Spengler. Such poets and philosophers have contributed their thinking to inhu-manism; Jeffers merges them into his own newly arranged; twentieth century concept.[116]

따라서 제퍼스의 비인본주의가 단순히 신과 인간을 분리하고 조화를 허용하지 않는 전혀 다른 두 부분을 의미하는 것은 아니다. 오히려 제퍼스의 생태적 인식은 과거에서부터 시작해 현재를 통합하고, 나아가서는 인류의 과거와 현재의 철학과 문학 사상들을 집대성하는 확장된 통섭의 의미로 볼 필요가 있다. 이렇게 볼 때, 서양 문화와 역사의 전통 의식에서 비롯한 제퍼스의 비인본주의는 사실 깊은 인간주의에 기초하고 있다는 점에 주목해야 한다. 마찬가지로 심층생태 시인이자 사상가로서 제퍼스를 평가하기 위해서는 그의 사상을 인본주의에 기초한 긍정적인 의미의 혜안으로 판단해야 할 것이다.

제퍼스는 자신의 비인본주의가 신을 거부한 것도, 인간이기를 포기한 것도 아니라고 해명하지만, 그럼에도 불구하고 대중들의 입에 맞는 시를 쓰는 것에는 무관심했다. 제퍼스는 시인은 "자연과 자신의 마음에 귀 기울이는 존재"라는 자신만의 확신이 있었고, 자연과 자신의 마음에 귀 기울이는 것은 자신의 일생의 책무라는 점을 이미 인식하고 있었다. 이러한 관점에서 제퍼스는 「그들을 그냥 내버려두라(Let Them Alone)」에서 직접적으로 진정한 책무를 잊은 시인들을 질타한다.

> 하느님께서 그대들에게 시인을 주셨거든
> 그냥 귀 기울일 뿐 제발 그가 죽을 때까지 내버려 두어라; 상(賞)
> 이나 겉치레 따위는 주지 말고,
> 그것들이 시인을 망칠 것이니. 시인이란 자연과 제 가슴에
> 귀 기울이는 사람; 하여 세상의 소음이 그 주위에 일어날 때 제
> 비록 강한 자라도
> 적(敵)은 떨쳐버릴 수 있겠으나 친구야 그리할 수 있겠는가
> 바로 이것이 워즈워스의 영감을 시들게 했고,
> 테니슨의 노래를 지워버렸고
> 키츠의 생기마저 죽였을 터이다. 이로 인해
> 헤밍웨이는 광대와 같고 포크너는 본연의 예술을 잊고 말았다.

If God has been good enough to give you a poet

Then listen to him. But for God's sake let him alone until he

is dead; no prizes, no ceremony,

They kill the man. A poet is one who listens

To nature and his own heart; and if the noise of the world

grows up around him, and if he is tough enough,

He can shake off his enemies but not his friends.

That is what withered Wordsworth and muffled Tennyson,

and would have killed Keats. That is what makes

Hemingway play the fool and Faulkner forget his art.[117]

이 시는 셸리의 「워즈워스에게」에서 언술한 구절인 "진리와 자유에게 바치는 거룩한 노래들을 / 이러한 것들을 포기하고, 그대는 나를 슬픔에 버려두고 떠나 가셨소, / 지금까지 지켜온 모습을, 그대, 버리시다니요!"[118]를 떠올리게 한다. 제퍼스는 시에 대한 야망에 불타올랐던 청년 셸리가 워즈워스의 열정이 사그라진 것을 아쉬워한 일화와 마찬가지로, 자신의 시 「그들을 그냥 내버려두라」에서 시인으로서 제 역할을 하지 못하는 시인들을 질타하며 헤밍웨이(Ernest Hemingway)와 포크너(William Faulkner) 같은 대가들을 정면에서 비난하고 있다.

셸리도 『무질서의 가면』 등 여러 편의 작품을 통해 셸리 시대의 문화적·정치적인 현실에 대해 비판하지만, 셸리가 원하는 이상적인 방향으로 세상이 변화되는 것은 아니었다. 셸리와 제퍼스 둘 다 가

자연이 표정을 바꿀 때

장 인간적인 관점에서 시대의 변화를 촉구하는 참여시를 쓰지만,
그들의 목소리는 당대에는 대중의 절대적인 지지를 얻지 못했다.
때로 셸리와 제퍼스의 시는 인본주의에 근거한 교훈적인 어조의
자극적인 시라는 이유로 오히려 인간이기를 포기했다는 비난이 섞
인 의미의 '비인간주의'라는 오해를 자초하기도 하였다.

「오, 사랑스러운 바위(*Oh Lovely Rock*)」는 제퍼스가 인간에 대한
관심과 인간 너머의 확장된 자연계의 존재들에 대한 관심을 모두
지니고 있다는 점을 드러낸다. 이 시는 제퍼스의 다른 시에 비하
여 가볍고 서정적인 분위기를 보여 주고 있다.

우리는 자갈밭에 드러누웠고

온기가 필요해 작은 모닥불을 피웠다.
자정이 지나고 서늘한 어둠 속 빨간 숯이 두세 개만 남았다; 나
는 월계수 낙엽 한가득 불 위에 놓고는
마른가지 여러 개를 얹은 다음 다시 드러누웠다. 되살아난 불꽃이
잠든 내 아들과 그 친구의 얼굴을, 그리고 개울 건너 기다란 얼
굴 같은
막다른 벽을 밝혔다.

We lay on gravel and kept a

little camp-fire for warmth.
Past midnight only two or three coals glowed red in the cooling
darkness; I laid a clutch of dead bay-leaves
On the ember ends and felted dry sticks across them and lay

down again.

The revived flame

Lighted my sleeping son's face and his companion's, and the vertical

face of the great gorge-wall

Across the stream.[119)]

제퍼스는 가족과 함께 벤타나 계곡(Ventana Creek)의 동쪽 숲에서 야영한 날을 기록하면서 잠든 가족들 곁에서 모닥불에 불을 붙이고 있다. 그런데 가만히 그 바위를 바라보고 있노라니 "마치 불붙은 표면을 통해 / 살아 있는 진짜 바위를 들여다보는 듯했다"[120)]라며 차분하게 불빛에 비친 바위를 바라보는 시인의 마음을 기록한다. 가족을 따뜻하게 데워 줄 모닥불을 지키면서 시인은 불빛에 비친 바위 앞에서 명상에 잠긴다. 자연에 대한 차분한 관조와 한밤의 모닥불이라는 소재에서 느껴지는 인간미는 인간 자체를 거부하는 비인간적인 시인이라는 평판과는 다소 어울리지 않는다.

바위를 보며 시인은 깊은 명상을 시작한다.

그리고 살아있는 바위. 특별한 것은 없었건만…
그 묵묵한 열정이, 그 심오한 고귀함이, 그 아이 같은 사랑스러움
이 얼마나 특별해
보였는지 표현할 길이 없다. 우리네 운명 밖에서
이어지고 있는 이 운명 여기 이 산속에 묵묵히 미소 짓는 아이처
럼 있는 운명. 나는 죽을 테고, 내 아이들도

자연이 표정을 바꿀 때

살다 죽을 테고, 우리의 세계도 변화와 발견의 가파른 고통을 겪을 터이다. 이 시대가 죽을 테고, 눈밭에서 운다는 늑대들도 사라질 터이다. 허나 이 바위는 여기 있을 것이다. 묵묵하고 진중하면서 순순하지는 않은 이 바위는.

이 바위 속 원자인 에너지는 여전히 온 산을 짊어지고 있을 것이다. 나는 여러 세기도 전에,

애정과 경이를 품고서 이 바위의 강렬한 실체를 느꼈다. 이 고독한 바위를.

And living rock. Nothing strange. . . I cannot

Tell you how strange: the silent passion, the deep nobility and childlike

  loveliness: this fate going on

Outside our fates. It is here in the mountain like a grave smiling child. I   shall die, and my boys

Will live and die, our world will go on through its rapid agonies of change

  and discovery; this age will die,

And wolves have howled in the snow around a new Bethlehem: this rock

  will be here, grave, earnest, not passive: the energies

That are its atoms will still be bearing the whole mountain above: and I,

  many packed centuries ago,

Felt its intense reality with love and wonder, this lonely rock.[121]

천천히 바위를 바라보던 제퍼스의 눈에는 이미 바위가 살아 있는 듯 율동하며, 인간들보다 오래 남아 살아갈 바위가 특별하고 사랑스러워 보인다. 그리고 제퍼스의 명상은 이제 더 먼 곳 — 과거와 미래, 우리의 아이들, 인간의 운명 — 으로 확장되어 간다. 거시적인 관점에서 인간과 자연에 관심을 가져 온 제퍼스의 인본주의가 그 안에 녹아 있다. 바위에 대한 이러한 제퍼스의 명상은 비록 그 대상은 다르지만, 셸리의 「서풍에 부치는 노래」에서 셸리가 서풍을 통하여 보여 주던 생태적 인식과 인본주의적 면모와 다름없다.

제퍼스는 유독 돌과 바위를 우주적인 존재로서의 생명으로 예찬하는데, 결국 바위가 인간보다 오래 남아 있을 것이라는 깨달음과 인간은 그저 오랜 역사에서 잠시 움직였다가 소멸하는 존재에 불과하다는 사실을 자연 속에서의 명상과 그 자신의 삶을 통해 깨달았기 때문일 것이다. 제퍼스는 셸리가 그랬던 것처럼 보다 거시적인 우주적 관점에서 이를 관조한다.

> 우주는 거대한 하나의 존재이며, 모든 것은 동일한 에너지의 다른 표현에 불과한 것이다. 그 모든 것들은 서로 교유하고 있으며, 따라서 하나의 거대한 유기체적 전체의 부분들인 것이다. (…) 그 부분들은 변하고, 스쳐 지나가며, 죽는다. 사람과 인종과 바위와 별들 이 모든 것들은 그 개체들로서는 내게 무의미하다. 단지 전체로서 내게 의미가 있는 것이다.
>
> I believe that the universe is one being, all its parts are dif-

ferent expressions of the same energy, and they are all in
communication with each other, therefore parts of one
organic whole. (⋯) The parts change and pass, or die, people
and races and rocks and stars; none of them seems to me
important in itself, but only the whole.[122]

　제퍼스는 이 시에서 한 인간의 생애 주기보다 오래 남는 바위의
삶이나 오랫동안 기록될 인간의 역사와 문화에 대해 한 번도 깊은
생태학의 눈으로 바라보지 않는 인간들의 '비인간성'에 대해 비인
본주의적 관점에서 바라보며, 자신의 반성과 회의를 드러내고 있
다. 앞서 언급한 '비인본주의의 인간애'는 바로 이 지점에서 강조되
며 이는 제퍼스의 시 전체에 흐르는 생태적 인식이다. 결과적으로
제퍼스의 비인본주의의 바탕에는 인간은 자연이라는 완벽한 생명
시스템의 일부에 해당하며 자연과 인간은 부분과 전체의 관계라
는 인식이 깔려 있다. 따라서 자연에서 생명이 존재하는 원리는 인
간의 의식보다 앞선 것이라는 사고로 해석할 수 있다.

　『양날 도끼(The Double Axe and Other Poems)』에서 제퍼스는 "이
제는 우리 종족이 자아중심적인 아이나 미친 사람처럼 생각하는
것이 아니라 한 사람의 온전한 성인처럼 생각할 때(It seems time
that our race began to think as an adult does, rather than like an ego-
centric baby or insane person)"[123]라고 주장한다. 제퍼스는 그 스스
로 자신의 비인본주의는 인간이 자아중심적인 사고에서 벗어나 합
리적이고 책임감 있는 인간으로 나아가야 한다는 희망을 담은 것

이라고 주장한다. [124)

자아중심주의, 나아가 인간중심주의에 대한 제퍼스의 저항은 제퍼스의 시에서 인간, 자연, 우주를 중심으로 하는 무심과 탈중심화라는 생태적 인식으로 접근할 수 있다. 「원죄(*Original Sin*)」에서 제퍼스는 인간의 오랜 역사에서 인간과 인간 사이, 인간과 자연 사이의 갈등은 계속되었고, 폭력과 야만성은 인간성을 해치는 인간의 본성이라는 논리를 펴고 있다.

> 인간의 두뇌와 인간의 손을 가진 땅에 사는 영장류, 신체적으로
> 세상의 역사 이래 모든 온혈 동물 중에서
> 가장 혐오감을 일으키는 존재들.
>
> The man-brained and man-handed ground-ape, physically
> The most repulsive of all hot-blooded animals
> Up to that time of the world. [125)

제퍼스의 이 시에서 "혐오감을 일으키는"과 같은 직설적이고 도발적인 시어들은 인간에 대한 반감과 불신으로 해석될 수 있는 여지가 있다. 그런데 제퍼스는 이 시의 뒤 구절에서 "일출(sunrise)", "장미(rose)", "금(gold)", "하늘(sky)", "바위들은 반짝이고(rocks were shining)", "작은 바람(a little wind)", "하늘처럼 아름다운 낮은 언덕들(the low hills became beautiful as the sky)" [126)과 같은 다분히 낭만적인 단어들을 사용하고 있으며, 결과적으로 이 시어들을 통해

인간이라는 혐오스러운 존재가 자연이라는 아름다운 존재를 보다 뚜렷하게 부각시키기 위한 도구에 불과함을 보여 준다.

극단적인 대비를 통한 비인본주의의 양상은 이 시의 다른 구절에서도 발견할 수 있다.

> 이들이 인류이다.
> 인류의 시작이 이것이다. 나라면, 나는 차라리
> 인류의 후손보다 야생 사과 속 벌레나 되련다.

> These are the people.
> This is the human dawn. As for me, I would rather
> Be a worm in a wild apple than a son of man.[127]

위의 구절은 제퍼스가 '비인간주의'를 표방하고 있다는 근거로 자주 인용되는 부분인데, 이 시에서 인간을 묘사하는 구절과 자연을 묘사하는 구절이 극명하게 구분된다는 점에 주목해야 한다. 즉, 그의 의도는 인간 혐오 자체에 있는 것이 아니라 인간중심적 사고가 배제된 그 이후의 결과에 대하여 관심을 두고 있다는 것이다. 바로 이 점이 이 시의 제목이 초기 인류의 이야기인 원죄에서 유래했음을 보여 준다. 인간의 타락은 인간이 원죄를 저지른 이후 사과(자연)와 멀어진 후 문명이 도래하면서 발생된 사건이라는 것이다. 제퍼스는 "인류의 후손"보다는 자연의 상태에 있던 또는 타락하기 이전의 아담의 순수한 입술에 닿았던 "야생사과 속 벌레"이기를 오히려 갈망하는 것이다. 카만(James Karman) 역시 제퍼스의 「원죄」를 자연과의 완전한 분리와 인간의 잔인한 본성을 동시에 보여 주는 시로 평가한다.[128]

제퍼스는 인간성을 부정하고 인간의 정체성 자체를 탐구하려 한다. 그의 시적 호기심은 유럽과 북미 대륙의 역사를 통해 그 어느 것에도 영향을 받지 않는 온전한 문명과 문화가 존재하지 않는다는 사실을 확인하려는 듯하다. 제퍼스는 「갈색 종마(Roan Stallion)」에서 인류의 역사와 문명에 대해 비판하면서 미국의 역사와 문화적 사실을 다룬다. "인간성이란 인류 종족의 시작이다(Humanity is the start of the race)"라며 "인간의 얼굴에서 비극이 나오고", 인간의 문명은 결함이 있는 상태에서 "석탄에서 불"이 나오고, "원자가 쪼개져" 나오는 것과 같다고 주장한다.[129] 앨런(Gilbert Allen)은 제퍼스가 말하는 종(race)은 이 단어가 본래 가지고 있는 경쟁이라는 의미와 '종족'이라는 의미, '진보하는 것과 인간의 종'이라는 두 가지의 의미를 동시에 함의한다고 보았다.[130] 인류 역사를 자신의 방식으로 다시 쓰기에 도전하는 셈이다.

제퍼스의 자연관은 이와 같이 인간성 자체에 대한 인식을 변화시키는 지점에서 출발하고 있다. 이것은 인간중심주의를 지양하고 정반대의 입장인 탈인간중심주의로 전환시키려는 의도적인 수단이자 방법인 것이다. 제퍼스가 1953년부터 약 10년 동안 창작한 시들 중 "형체 없는 화산의 땅(The unformed volcanic earth)"이라는 구절로 시작하는 이 시는 제목이 없다.

자연이 표정을 바꿀 때

삶이라고 불리는 이것은 무엇인가? – 나는
땅과 별들 모두, 그리고 모든 반짝이는 우주 모두, 그리고 산 위
의 바위조차
생명이 있다고 믿는다,
우리가 그렇게 부르지 않고 있을 뿐 – 그러니 나는 생명을 대변
하리라.

What is this thing called life? – But I believe
That the earth and stars too, and the whole glittering uni-
verse, and rocks on the mountain have life,
Only we do not call it so – I speak of the life. [131]

　제퍼스는 여기서 우주를 이루는 원소들, 행성을 이루는 요소들
이 인간의 문명이 되었다고 서술하고 있다. 인간은 종의 기원 역사
에서는 늦게 탄생한 부류이지만 세상을 지배하고 진화하여 살아
남았음을 보여 주려는 취지에서 쓴 이 시에서 제퍼스는 결국 인간
이 진화로 인해 생존하고 있다는 것을 "자축(to celebrate)"하고 "기
록(to record)"하기 위해 "언어"를 만들어냈다고 주장한다.

서사시, 드라마 그리고 역사는
예수와 유다, 칭기즈 칸, 줄리어스 시저
피 튀긴 흔적 없이는 위대한 시도 없다. 그들은 천사보다는 아래
에 있지,
누군가 말했듯이. 피를 탐하는 쥐 같은 존재들.

Epic, drama and history,

Jesus and Judas, Jenghiz, Julius Caesar, no great poem

Without the blood-splash. They are a little lower than the

angels, as

someone said.–Blood-snuffing rats:[132]

역사적 사실이나 위대한 영웅들의 이야기를 주제로 한 시들은 주인공들의 영웅담을 강조하기 위해 그들을 위대한 투쟁가로 그려 낸다. 칭기즈 칸과 시저 외에 예수와 유다를 포함시킨 사실에서 제퍼스의 반기독교적 의식을 충분히 엿볼 수 있다. 그렇지만 엄밀하게 역사적 사실을 근거로 쓴 제퍼스의 서사는 거짓이 아니다. 다만, 제퍼스가 이와 같은 역사적 사실에 대한 반감을 지니고 있고, 인류가 종족 보존에 성공해 온 기록을 전쟁과 살생으로 인한 영웅적 신화를 찬양하고 있다고 비판한다는 측면에서 지나친 서술이자 과장이라고 비판을 받고 있는 것은 사실이다. 김은성은 "이 시에서 제퍼스는 인간을 위한 어떠한 대안적 사회도 제시하지 않는다. 또한 그는 인간과 비인간 세계 모두를 치밀하게 관찰하지만, 이 두 세계를 융화시키려는 시도는 전혀 하지 않았다"[133]라고 주장함으로써, 제퍼스의 자연관을 강하게 비판하기도 한다.

시의 말미에서 제퍼스는 그 자체로 완전하게 존재하는 우주적 존재들이나 바위와 같이 오래된 역사의 중요성을 강조한다.

우주를 통해 훨씬 더 거대한 말단 신경이

자연이 표정을 바꿀 때

존재하는 모든 것들인 유일 존재의
의식을 확장시킨다. 이것이 인간의 임무:
찾고 느껴야 한다, 모든 동물로서의 경험은
신으로서의 삶의 한 부분이니.

Throughout the universe much greater nerve-endings
Enrich the consciousness of the one being
Who is all that exists. This is man's mission:
To find and feel; all animal experience
Is a part of God's life.[134]

　　"동물로서의 경험"을 토대로 한 "인간의 임무"라는 제퍼스의 견해
를 근거로 할 때, 그의 시가 "인간과 비인간 세계 모두를 치밀하게
관찰하지만, 이 두 세계를 융화시키려는 시도는 전혀 하지 않았다"
라는 비난은 오히려 '인간중심적 견해'에 근거한 주장임을 알 수 있
다. "말단 신경"이 충만한 "동물로서의 경험"은 제퍼스의 입장에서
는 인간 비하가 아니라 오히려 "신으로서의 삶"을 가능하게 하는
인간의 신성을 회복하는 길이며 인간과 자연의 완벽한 융합의 상
태, 즉 원죄 이전의 상태를 의미하는 것이다.
　　이와 같이 평가할 때, "제퍼스는 바위들과 바다에서 완전한 세계
를 찾아냈으며, 이 세계를 보존하기 위해 원래 세계와 인간 접촉의
모든 가능성을 제거하려 애쓴다"[135]라는 견해에도 힘이 실린다. 젤
러는 그가 평생 동안 '신'에 대한 정의를 개념화하는 일에 몰두했다

고 본다.[136] 잴러는 가장 비기독교적이면서 신의 존재를 거부했다고 평가되는 제퍼스가 실은 평생 동안 신의 존재를 재정립하는 작업을 했다고 보는 것이다. 「형체 없는 화산의 땅」에서 그는 "인간 정신을 판단하려 하지 말고 행성의 궤도나 계산하는 편이 낫다"[137]라는 주문으로 끝을 맺고 있는데, 그 중심에는 기존의 신과 인간성에 대한 믿음을 전복시켜 인간과 자연의 합일을 꾀하는 생태적 인식이 존재하고 있다.

이 책에 인용된 제퍼스의 시의 구절에서 충분히 드러나듯이, 그의 시어들은 당대에는 혁명적일 정도로 직설적이고 때로는 불쾌하다는 비판까지 받았다. 제퍼스의 이러한 글쓰기는 앞 파트에서 다룬 셸리의 저항 담론의 실천적인 방법과도 유사한데, 이것은 계몽 효과를 극대화하기 위한 도구이기도 하다. 강렬하고 인상적인 방법으로 자신이 추구하는 이상적인 인간관과 바람직한 인간 본성의 개념을 대중에게 주지시키기 위해 제퍼스 역시 시를 활용하고 있다.

생태학자인 슬로빅(Scott Slovic)은 자연 문학의 가장 주요한 현안을 글쓰기에서 찾고 있다.

> 근래의 자연 문학에 있어 가장 주요한 현안은 문학이 자연에 대한 독자들의 환경에 대한 태도의 구체적인 변화 속으로, 환경적으로 건전한 행위 속으로 어떻게 변형되어 들어갈 수 있는가 하는 점이다.
>
> One of the important issues in contemporary nature writing

자연이 표정을 바꿀 때

is how this literature translates into concrete changes in readers' attitudes toward the environment, and into more environmentally sound behavior.[138]

환경 문학이 지닌 중요한 목표는 개개인의 인식의 변화를 가능하게 하는 데 있다. 환경적 실천을 위해 인식을 변화시키는 문제는 생태 문학에서 생태적 회복과 조화를 향한 인식의 변화를 유도하기 위해 우선적으로 강조되는 과정이다. 이렇게 볼 때, 제퍼스의 글쓰기 역시 생태적 인식 전환에 최적화된 것이다.

제퍼스는 특히 인간의 본성, 자연에 대한 찬미, 우주적 관점에서 본 광대한 하늘, 바람, 별, 우주, 행성, 질서, 아름다움 등을 표현하기 위해 인류의 역사에서부터 자연의 현상들 그리고 행성의 움직임까지를 자신의 시에 활용한다. 이것은 셸리의 「몽블랑」, 「에피사이키디온」, 「얼래스터」, 『맵 여왕』 등에서 변화를 향한 셸리의 이상주의가 생태적 인식을 토대로 하여 드러나는 것과 같은 맥락이다. 이와 같은 셸리와 제퍼스의 생태적 인식은 변화를 위한 첫 단계로 의식의 혁명적인 전환을 유도하려는 방식에서 유사하다고 볼 수 있다.

제퍼스의 핵심 주제는 인류가 자연친화적 인식으로의 전환을 통해 각 존재들이 조화롭게 공동체를 유지하기 위해서는 인간중심주의에서 우선 벗어나야 하고, 자연과 우주로 그 의식을 확장시켜 나아가야 한다는 주장에 있다. 이러한 작업을 위해 제퍼스는 인간의 본성을 드러내고자 했다. 이를 위해 시도했던 것이 일종의 '비중심화(uncentering)'의 과정이라고 볼 수 있을 것이다. 「포인트 서의 여성들(*The Women at Point Sur*)」, 「순례자들을 위한 조언(*Advice to Pilgrims*)」, 「비극 너머의 탑(*The Tower Beyond Tragedy*)」, 「구세주에 대한 명상(*Meditation on Saviors*)」 등에서 공통적으로 드러나는 제퍼스의 자연관은 강렬한 화법과 서술 기법을 통해 인식적 전환을 유도하고자 한다는 점에 그 핵심이 있다.

「비극 너머의 탑」에서 제퍼스는 클리템네스트라(Clytemnestra)와 엘렉트라(Electra), 오레스테스(Orestes)의 이야기를 차용해 가족의 복수극, 살인극 등 일련의 이야기를 활용함으로써 가족 파괴와 비극의 결말을 보여 준다. 제퍼스의 신화에서는 엘렉트라가 권력에 대한 욕망으로 살인을 불사하지만 권력의 비극 속으로 빨려 들어가는 것과는 달리, 오빠인 오레스테스는 어머니의 죽음에 충격을 받고 죄책감도 없이 권력에의 욕망이 커지는 엘렉트라를 통해 오히려 '자아의 깨달음'을 얻는 경험을 한다.

오레스테스   나는
이 그물을 잘라내고 자유로운 매처럼 날아 갈 것이야. 오늘-밤,
산위에 엎드려서,
그 비전들은 희미해져가네, 나는
내 인간성의 본성을 그 자루 속 칼에서 기억하네; 나는
갈색 수풀 삶으로 이제 들어왔어
그리고 고대적 높은 곳들, 돌의 인내가 있는 위대한 삶
속으로 말이지,

나 이제 계곡 속에서

내 혈관들의 변화를 느꼈다

수세기에 걸쳐 온 낟알, 우리는 우리만의 시간을 맞을 때,

네가 아니라, 그리고 나는 그 흐름이었네;

Orestes   I

have cut the meshes

  And fly like a freed falcon. To-night, lying on the hillside,

sick with   those visions, I

remembered

  The knife in the stalk of my humanity; I entered the

life of the brown forest

  And the great life of the ancient peaks, the

patience of stone, I felt the

changes in the veins

  In the throat of the mountain, a grain in many

centuries, we have our own

time, not yours; and I was the stream.[139]

  오레스테스는 자아의 깨달음을 통해 자신이 더 이상 클리템네스트라와 같은 동족이 아니라 새로운 세상을 본 이질적인 종족이라고 선언해 버린다. 동생의 악행에 동조한 과거의 자신은 인간적인 미덕과 본성을 지닌 자아가 아니었다. 현현(顯現)의 순간은 인생의 행로를 바꾸는 짧은 시간이지만 이 경험이 주는 가치는 이전의 삶과는 너무도 다른 자아를 발견하는 고차원의 경험이다. 이를 부연

하기 위해 제퍼스는 제목에서 "탑(tower)"을 사용하고 오레스테스의 말에서 "정상(peaks)"의 이미지를 사용한다. 제퍼스가 의도한 것은 탑과 정상이 상징하는 현현이라는 '통각'의 경험에 대한 중요성이다. 제퍼스는 인생의 행로에 큰 획을 긋는 사건을 통해 또 다른 자아를 발견하게 되는 주인공 오레스테스의 모습을 그리고 있다. 엘렉트라와의 마지막 대화에서, "너(엘렉트라)와 우리(오레스테스와 자신)는 이제 서로 다른 부류의 인간들"[140]이라고 경계를 짓는다. 자신이 갈 곳은 이제 한 차원 더 높은 산 위, 혹은 숲의 세상이라는 점을 명시하면서 둘 사이에는 공유할 공통점이 없다고 못을 박는다. 기존의 중심 원리에 비중심화와 통각을 활용하는 "제퍼스의 이상향은 유기적 전체를 지향하는 순환 원리"[141]에 있다고 볼 수 있다.

제퍼스는 「카멜 포인트(*Carmel Point*)」에서 자연과 "사물들의 비범한 참을성(extraordinary patience of things)"[142]이 만들어 낸 자연 경관에 감탄하면서 "화강암의 작은 알갱이에도 살아있는"[143] 자연에 주목한다. 제퍼스가 유기적 전체성을 주장하는 것은 "비범한 참을성"을 지닌 자연 경관에 비해 인간을 그 하나의 시스템을 운영하는 부분의 일부로 보기 때문이다. 자연을 바라보면서 제퍼스는 우리가 우리 자신을 다시 볼 필요가 있다고 주장한다.

우리는 우리 자신에게서 우리의 생각을 분리해야 한다,

우리는 어느 정도 우리의 시각을 비인간화시켜야 한다, 그리고

자연이 표정을 바꿀 때

확신을 가져야 한다
우리를 만들어낸 그 바위와 대양과 같이.

We must uncenter our minds from ourselves;
We must unhumanize our views a little, and become confi-
dent
As the rock and ocean that we were made from.[144]

인간 또한 자연의 일부라는 심층생태주의의 핵심 가치가 여기서
도 드러난다. 우주라는 큰 그늘 아래에서 대지도, 대양도, 지구라
는 행성도, 또 지구를 포함하는 우주도 살아 있는 유기체라는 생
태적 인식을 시를 통해 알리고자 하는 의도로 보인다. 여기서 제
퍼스는 인간을 "우리"로 지칭한다. 우리 각자가 하나의 개체이지만
다시 전체가 되는 하나의 종을 이루고 있으며, 인간이 지배자라는
인식에서 분리하는 과정을 거쳐 확신과 신뢰를 회복해야 한다는
메시지를 전하는 것이다. 여기에는 인간이 유기적 전체로 작동하
는 우주의 '메커니즘(mechanism)'을 파악하지 못한 채, 모든 생명체
의 지배자로 군림하여 권력과 파괴력으로 지구의 중요한 생명 시
스템을 파괴하고 있다는 문명 비판의 의지도 숨어 있다. 문명 파괴
에도 불구하고 아직까지 자연은 그 특유의 끈기로 견디어 오면서,
대양과 바위를 만들어 냈다. 이러한 상황에서 대양과 바위를 바라
보고 있는 시인 제퍼스는 책무를 느끼고 있는 것이다.

시를 통해 제퍼스는 우주 속에서 인간이 스스로의 지위와 위치

를 깨닫고 통각의 과정을 경험할 수 있도록 신화, 인간, 우주라는 소재들을 끊임없이 탐구한다. 「갈색 종마」에서는 "전자(an electron)에서 행성에 이르기까지" 우주적 공간에서는 모두 동일하고, "스스로 평등한" "전체"이자 "소우주"라고 말한다.[145] 신과 인간에 대한 끊임없는 불신과 비인간화를 주장해 왔다고 평가받은 제퍼스의 시는 실은 그 안에 평등을 추구하는 생태적 인식의 핵심을 담고 있었다.

제퍼스는 1943년에 작가 파워(Mary James Power)에게 보낸 편지에서 비인본주의는 현대 물리학에서 상호 연관성을 지향하는 생태적 모델에서 온 개념이며, 그 핵심은 서로가 서로에게 영향을 주는 부분과 전체로서의 유기적 전체성에 있다는 것을 밝히고 있다.[146] 비인본주의는 자신의 시학을 드러내는 핵심 사상이지만 종교를 넘어서는 과학적이고 생태적인 개념이라는 의미이다.

> 나는 우주는 하나의 존재라고 믿는다, 모든 각각 부분들은 동일한 에너지원에서 온 다른 표상들이고, 서로가 서로에게 영향을 주면서 하나로 상호 소통하고 있다. 하나의 유기적 전체를 이루는 부분들이다.

> I believe that the universe is one being, all its parts are different expressions of the same energy, and they are all in communication with each other, influencing each other, therefore parts of one organic whole.[147]

자연이 표정을 바꿀 때

셸리의 생태에 대한 인식을 물리학의 에피사이클로 볼 수 있었던 것과 마찬가지로, 제퍼스의 사상 역시 시인의 종교적, 철학적 사유인 동시에 과학적이고 또한 다분히 현실적인 생태적 인식을 공유한다고 볼 수 있다. '유기적 전체성'의 핵심은 모든 소우주가 '우주 속의 한 점'에서 시작한다는 사실인데, 이는 이후에 스나이더를 이해하는 데도 중요한 부분이 된다. 실제로 스나이더는 『우주 속의 한 점(A Place in Space)』이라는 수필집도 출간한 바 있다.

제퍼스는 「사물의 본성에 관하여(De Rerum Virtute)」에서도 원자와 우주의 사물들에 대해 이야기한다. 이 시의 제목은 루크레티우스(Titus Lucretius Carus)가 남긴 유일한 저작인 『사물의 본성에 관하여(De rerum natura)』에서 빌려 왔다.

> 그러나 (이 둥근 지구는)* 느끼고 선택한다. 그리고 고정되어 있는
> 은하계, 불의전차, 우리의 태양이 하나의 먼지 낱알로 만들어낸
> 별들의 소용돌이, 이 거대한 우주의 원자는 결코
> 어두운 힘이 아니라, 그 삶을 행하고 그들의 경로를 계획한다.
> "모든 사물들은 신으로 가득 차 있네
> 겨울과 여름, 낮과 밤, 전쟁과 평화도 신이네."

> But feels and chooses. And the Galaxy, the firewheel
>
> On which we are pinned, the whirlwind of stars in which
> our sun is one dust-grain, one electron, this giant atom of

---

* 괄호는 해석의 편의를 위하여 필자가 추가한 것임.

the universe

    Is not blind force, but fulfils its life and intends its courses.

"All things are full   of God.

Winter and summer, day and night, war and peace are God."[148]

    이 시에서 우주를 이루는 원자는 하나의 알갱이이지만 그 전체가 모여 은하계와 별들의 무리를 이루고 있다는 발화는 제퍼스의 사고가 지상의 인간뿐만 아니라 우주 전체로 확장되어 있었음을 보여 준다. 그는 "우주의 원자는 맹목적인 힘"[149]에 불과한 것이 아니라, 목적성과 의도성이 충분하다고 보았으며 이미 "모든 사물들은 신으로 가득 차 있네"[150]라고 주장한다. 이 부분에서는 모든 사물에 신성이 있다고 믿는 제퍼스의 범신론을 엿볼 수 있다. 제퍼스의 범신론은 요컨대 셸리에게 영향을 미친 신플라톤주의적인 범신론과도 유사하고, 나아가 스나이더의 사상의 핵심인 불교와 힌두교에서의 범신론까지도 포함한다고 볼 수 있다.

    제퍼스가 지향하는 생태적 인식은 유기적 전체를 향하고 있다. 그가 "이 거대한 우주의 원자는 그 삶을 행하고 그들의 경로를 계획한다"[151]라고 언급한 바와 같이, 제퍼스는 유기적 전체의 각 부분인 개인이 고유한 삶의 목적과 가치를 실행하기를 원하고 있다. 이는 셸리가 『시의 옹호』에서 시인의 역할과 책무를 강조한 점과 유사하다. '인간 개개인을 변화'시킨다는 것은 더 큰 시스템인 우주 전체의 완전성과 발전을 가져올 수 있다는 실천적 인식이 작동함을 의미한다. 환경 위기의 문제에 있어 인류의 생존을 위한 실천적

자연이 표정을 바꿀 때

방식이 결국 각자의 인식의 전환과 실천의 의지에 달려 있다는 점과 연결된다.

제퍼스는 자신의 시에서 인간의 폭력성과 잔혹성을 강조하는 동시에 대자연의 장엄함과 위대함을 극찬한다. 여기에는 인간뿐만 아니라 우주적 차원에서 확장된 의미의 생태적 인식이 포함되어 있는 것이다. 따라서 제퍼스의 사상이 함의하는 유기적 전체성은 제퍼스의 시학이 지향하는 최종 목표라고 할 수 있다.

이처럼 제퍼스의 시는 인간에 대한 심오한 애정과 사랑에 기반하고 있으나 그 방식은 무심의 시학과 반인간중심사상으로 드러나면서, 다소 직설적으로 표현되어 있다. 제퍼스가 추구한 것은 자연과 인간의 내재적 가치를 인정하는 생태적 인식 전환의 필요성이다. 퀴글리(Peter Quigley)는 이러한 제퍼스의 생태적 인식이 환경 운동과 환경 문학에도 일조해 왔다고 주장한다.[152] 따라서 제퍼스의 비인본주의와 다소 거칠고 직설적인 글쓰기는 생태적 인식의 전환을 위한 효과적인 도구인 것이다. 제퍼스의 생태성은 그의 작품뿐 아니라 시인으로서 자신의 책무를 자연에서의 생태적 거주를 통해 실천한다는 점에서도 극명히 드러난다.

카멜과
토르 하우스

제퍼스는 비인본주의라는 핵심 사상과 함께 그동안 누구도 실행하지 않았던 유토피아를 현실의 공간으로 실현했다는 점에서 주목받아야 한다. "캘리포니아 해변의 위대한 시인"[153]이라는 별명처럼 제퍼스를 가리키는 수식어들 중에서 빠지지 않는 것은 "캘리포니아"와 "카멜"이라는 지역의 이름이다. 미국 동부에서 태어난 제퍼스가 캘리포니아의 시인이 된 것도 그가 카멜에서 대부분의 창작 활동을 했기 때문이다.

제퍼스의 시 세계와 자연관, 비인본주의 및 유기적 전체성은 대부분 자신만의 유토피아인 토르 하우스에서 만들어진 결과들이다. 제퍼스는 일생의 반 이상을 카멜에서 거주하면서 신, 인간, 우주라는 소재로 시를 썼다. 제퍼스는 카멜에 정착한 후 태평양이 내려다보이는 토르 하우스를 관리하며 여생을 보낸다. 제퍼스는 자연과 가까운 지역을 찾아 의도적으로 생태적 거주를 실천했다는 사실에서 소로우에 비교될 만하다. 또 시인으로서 생태적 거주를 최초로 시도하였다는 사실에서도 제퍼스의 생태적 인식과 삶의 방식은 의미가 있으며, 결국 제퍼스는 오늘날 '카멜의 시인'으로 일

자연이 표정을 바꿀 때

컬어진다.

제퍼스가 창작 활동을 했던 장소는 그의 시 세계를 이해하는 데
뿐만 아니라 이후의 환경 운동에 미친 영향을 고려할 때에도 중요
하다. 미도어(Meador)는 제퍼스와 그의 집을 "분리될 수 없는 연관
성"을 가진 장소로 본다.

> 시인 로빈슨 제퍼스는 그가 거의 반세기 동안이나 열정적으로 고
> 립을 유지하면서 거주한 태평양 해안과 캘리포니아 산지의 풍광들
> 과 분리될 수 없는 연관성이 있다. (…) 20세기의 가장 중요한 미국
> 시인들 중에서 제퍼스는 주로 캘리포니아의 카멜-빅서 지방에서
> 살면서 주로 그 주변의 풍경과 사람들을 소재로 시를 썼다.

> Poet Robinson Jeffers is inseparably associated with the Pacific
> coast and the California mountain landscapes where he lived in
> ardently preserved isolation for nearly a half century. (…)
> Among the most important American poets of the twentieth
> century, Jeffers wrote mainly about the scenes and people
> around him in the Carmel-Big Sur region of California.[154]

미도어가 강조하는 "거의 반세기 동안이나 열정적으로 고립을 유
지하면서 거주한" 캘리포니아의 해안과 그가 거주했던 빅서(Big
Sur) 지방은 새너제이(San Jose) 지방에서 산타크루즈(Santa Cruz
County)의 남쪽 해안가로 이어져 있는 몬트레이만(Monterey Bay)

주변을 일컫는다. 미국에서도 몬트레이만은 미국 서부의 주요 여행지로 잘 알려져 있는데, 제퍼스는 일생의 대부분을 이곳에서 보내며 창작 활동을 했다. 제퍼스는 카멜 지역과 자신의 집, 그리고 주변의 자연환경과 생물들을 자신의 생태적 인식과 생태적 실천의 방식을 드러내는 시의 소재들로 활용했다.

제퍼스가 「카멜 포인트(*Carmel Point*)」에서 "사물들의 참을성"이라고 표현하는 대상과 범위는 작은 새들의 움직임뿐만 아니라 절벽을 이루는 바위들과 주변의 자연환경 전체이다.

> 저 비범한 사물들의 참을성!
> 이 아름다운 장소는 교외의 우후죽순으로 들어선 집들로 손상되네—
> 우리가 처음 이곳을 보았을 때 얼마나 아름다웠던가,
> 말끔한 절벽 위로 끝없는 양귀비 들판과 식물들이 벽을 이루었으리;
>
> The extraordinary patience of things!
> This beautiful place defaced with a crop of suburban houses—
> How beautiful when we first beheld it,
> Unbroken field of poppy and lupin walled with clean cliffs;[155]

이 시에서 해안의 바위들과 태평양은 제퍼스에게 자연의 위대함을 느끼게 해 주는 소재들이다. 반면, 아름다운 자연 환경은 문명의 발달로 인해 퇴색되고 변모하고 있다. 그래서 제퍼스는 인간이 거주하

자연이 표정을 바꿀 때

기 이전에 처음 이곳은 얼마나 아름다웠을까를 상상하고 있다.

「갈색 종마」, 「원죄」, 「비극 너머의 탑」, 「새(Birds)」, 「안개(Fog)」, 「저녁 무렵의 구름(Clouds at Evening)」 등등의 제퍼스의 시들은 모두 카멜에서 창작된 시들이다. 「토르 하우스(Tor House)」는 자신의 집을 소재로 쓴 시이고, 「우나에게(For Una)」는 아내를 위해 쓴 시이다. 제퍼스는 이곳 토르 하우스에서 집 주변의 사물과 풍광에 관한 관심과 애정을 가지고 시를 써 왔다.

> 땅 끝에서 사냥을 하고 있는 몇 마리 매들의 사나운
> 율동의 울음, 떠올랐다가 다시 내닫는, 그들의 머리는 북서방향,
> 은빛 화살과 같이 대양이 그 화강암 절벽을 치는 소음의 커튼을
> 뚫고서 나아간다; 그들의 붉은 등은 돌 끝 가장자리 주변의 내
> 창 아래에서 반짝이고; 아무것도 더 우아할 수는 없다, 아무것도
> 바람 속에서 더 날렵할 수는 없다.

> The fierce musical cries of a couple of sparrowhawks hunting
> on the headland,Hovering and darting, their heads
> northwestward,Prick like silver arrows shot through a cur-
> tain the noise of ocean Trampling its granite; their red backs
> gleamUnder my window around the stone corners; nothing
> gracefuler, nothingNimbler in the wind.[156]

자신의 집 창을 통해 새들을 관찰하면서 제퍼스는 새들의 생명

력을 주의 깊게 묘사한다. 은빛 화살처럼 앞으로 날아오르는 새들은 대양과 함께 자연의 광경을 이루고, 제퍼스는 "더 우아하고 날렵한 것은 없다"라는 찬사를 보낸다. 돌집의 창을 통해 바라다 보이는 풍경은 이렇게 자연의 생명력이 어우러지는 광대한 자연 그 자체이다.

제퍼스는 1914년 9월에 카멜로 이주해 왔다. 그리고 토르 하우스를 지은 것은 1919년부터이다. 이후 1924년부터 세상을 떠난 1962년까지 이곳에서 서사시 등 16권의 시집을 탈고한다. 카멜로 이주한 이후인 1917년부터 시의 소재들은 꾸준하게 신과 인간, 자연과 우주의 탐구, 집 주변의 이야기로 채워졌다.

1914년, 그들이 캘리포니아의 몬트레이 반도의 남부 해안 지역 카멜 빅서의 황폐되지 않은 아름다움을 발견했을 때 제퍼스(1887~1962)와 우나(1884~1950)는 자신들이 "살아야 하는 공간"이라고 느낀다. 그리고 다음 약 10여 년 간, 바람이 불어대는, 황량한 절벽 위에, 제퍼스는 카멜 만의 해변에서 가져 온 둥근 화강암들을 모아 토르 하우스와 매의 탑을 손수 짓는다. 집은 제퍼스와 우나가 거주하는 공간으로, 그리고 매의 탑은 가족들을 위한 조용한 장소(refuge)로 지어졌다. 그의 대서사시들을 비롯해, 명상에 관한 시들, 고전 문학을 주제로 한 대부분의 작품들을 쓴 곳이 바로 이 토르 하우스이다.

In 1914, when they first saw the unspoiled beauty of the Car-

자연이 표정을 바꿀 때

mel-Big Sur coast south of California's Monterey Peninsula, Robinson Jeffers(1887-1962) and his wife, Una(1884-1950), knew they had found their "inevitable place." Over the next decade, on a windswept, barren promontory, using granite boulders gathered from the rocky shore of Carmel Bay, Jeffers built Tor House and Hawk Tower as a home and refuge for himself and his family. It was in Tor House that Jeffers wrote all of his major poetical works.*

제퍼스는 토르 하우스의 일상과 삶을 기록해 두지는 않았다. 소로우, 뮈어, 카슨과 같은 작가들이 자신들의 자연 관찰기를 에세이로 남긴 사례와는 다르지만 시인들에게 관찰과 기록은 시적 창작물로 드러난다. 제퍼스가 소로우와도 비교될 수 있는 근거에도 불

---

*

- 왼쪽 사진: "Tor House." *Robinson Jeffers Tor House Foundation*, 1978. Web. June, 2020. 〈http://www.torhouse.org/history.htm〉.
- 오른쪽 사진: "Tor House." June, 2020.〈http://www.torhouse.org/history. htm〉.
- 일반인들도 제퍼스의 집을 방문할 수 있으나 내부 사진을 찍는 것은 금지하고 있다.

구하고 오히려 스나이더와 자주 비교되는 이유가 바로 이러한 차이에서 기인한다고 볼 수 있을 것이다. 자연 관찰자들은 기록을 위한 생태적 거주와 생활을 시도하는 반면, 제퍼스는 실험적 차원이 아니라 자신의 몸이 영원히 남을 거주지로 카멜을 선택했기 때문이다. 따라서 제퍼스의 시에는 카멜의 삶에 대한 명상과 사유의 흔적들이 가득하다. 이 명상과 사유의 치열함은 「비인본주의자」에서 "내재적 가치"는 "우리 눈 속에 비치는 본연의 색깔"이라며 이것은 "우리가 혈액을 붉다고 할 때 곧 생명을 의미하는 것"[157]과 같다고 한 언급에서 어느 정도 엿볼 수 있다.

비인본주의자에 대한 제퍼스의 해명은 "신이 존재하는가"[158]에서 시작해 "내재적 가치"의 언급을 지나 "사랑",[159] "경험"[160]까지를 강조한다. 제퍼스는 종교에 대한 반인륜적 가치관을 가진 시인이 아니라 자연과 공감하고, 자연에 애정을 쏟으며, 그 속에서 경험한 관찰과 영감을 시에 담아낸 자연 시인이었다. 제퍼스는 「비인본주의자」에서 사랑과 경험을 중요시하는 모습을 드러내고 있는데, 이는 그가 카멜과 토르 하우스에서 사는 과정에서 얻은 경험과 인식이라는 관점에서 주목할 만하다. 마찬가지로 제퍼스의 시 대부분이 자신의 직접적인 경험을 통한 삶에 관한 탐구와 사유의 결과물이라는 점에서 중요하다. 1962년까지 창작된 제퍼스의 모든 시는 카멜의 지역적 특색을 담고 있으면서 자신의 실제적인 삶, 명상에서 나오는 성찰 및 영감을 표현하고 있기 때문이다.

제퍼스는 자신의 집 이름을 '토르 하우스'라고 지었는데, 이 이름

자연이 표정을 바꿀 때

은 자신의 집을 지으면서 발견한 거칠고 낮은 산의 모양에서 따온 것
이다. 1918년에 집을 짓기 시작했는데, 집은 겨울철 폭풍이나 혹한기
등을 견딜 수 있을 정도로 낮고 작게 지었다. 집의 모델은 영국의 농
장이었고, 작은 다락 침실, 손님용 방, 거실, 작은 부엌 등으로 구성
되어 있었다. 이 집은 1919년 중반에 완성되었고, 이어서 1920년에는
토르 하우스 옆에 '매 탑(Hawk Tower)'을 지었는데, 쌍둥이 아이들을
위해서 만든 공간이다. 약 4년에 걸친 이 탑의 공사는 제퍼스가 혼
자 맡아서 했다. 1949년 전기가 들어오기 전까지 기름을 사용하는
램프와 촛불이 그가 사용한 유일한 조명이었다.

　카멜의 해안가는 태평양을 마주하는 해안 지역이다. 이곳에서
제퍼스는 외부 생활보다 자연에 대한 명상으로 대부분의 시간을
보냈다. 은둔 시인이라는 이미지를 갖게 된 것은 이러한 사실 때문
일 것이다. 그러나 제퍼스가 칩거와 가까운 생활을 했던 것은 아니
었으며 활발한 창작 활동과 함께 당대의 문학인들과 활발하게 교
류하였다. 제퍼스는 아내와 함께 1929년부터 1948년까지 아일랜드
(Ireland)를 몇 차례 방문하는 등[161] 종종 유럽 등지를 여행하곤 했
다. 집이 완성되고 그곳에 거주한 근 50여 년 동안, 그곳에는 수많
은 문학가와 예술가들이 드나들었다. 제퍼스는 창작 활동을 포기
하고 은둔 생활을 하기 위해 카멜로 간 것이 아니라, 유기적 전체
의 일부로서 자연 속으로 생태적 거주를 실천하는 일을 실행했을
뿐이다. 즉, 제퍼스의 은둔은 인간 사회나 문명에서의 철저한 은둔
이라기보다는 자신의 시를 위한 정신적 성찰과 생태적 인식의 철

저한 함양을 위한 명상적 은둔이라고 볼 수 있다. 그리고 그는 이 곳을 예술인들에게 공개하면서 예술적·사회적·문학적 측면에서 다양하고 활발하게 교류의 장으로 활용했다.

많은 영향력 있는 작가들과 문화계의 인사들이 제퍼스 가족을 찾았다. 그들 중에는 싱클레어 루이스, 에드나 세인트 빈센트 밀레이, 랭스턴 휴즈, 찰스 린드버그, 조지 거쉬윈 그리고 찰리 채플린 등이 있었다. 후기의 방문객으로는 윌리엄 에버슨, 로버트 블리, 체슬라브 밀로즈, 애드워드 애비도 있었다.

Many influential literary and cultural celebrities were guests of the Jeffers family. Among them were Sinclair Lewis, Edna St. Vincent Millay, Langston Hughes, Charles Lindbergh, George Gershwin and Charlie Chaplin. Later visitors have included William Everson, Robert Bly, Czeslow Milosz and Edward Abbey.[*]

소위 '미국의 르네상스'를 이끌었던 당대의 문화계 인사들이 제퍼스와 교류하거나 제퍼스의 집을 방문하곤 했다.

물론, 제퍼스가 카멜의 해안 지역으로 이주한 것은 셸리가 사회의 불평등과 저항 의식을 실천적 의지로 표방한 것과는 차이가 있

---

[*]   "Tor House." *Robinson Jeffers Tor House Foundation*, 1978. December, 2015.

자연이 표정을 바꿀 때

다. 제퍼스는 가족과 함께할 자연의 전원생활을 꿈꾼 동시에, 지나친 물질주의로 점철되고 있는 현대인의 삶에서 벗어나 자연으로 둘러싸인 이상적인 공간으로 가기 위해 이곳을 선택한 것이다. 카멜과 도시 지역의 차이는 「자연의 노래(*Natural Music*)」를 통해서도 추측할 수 있다.

> 대양의 옛 소리, 작은 강줄기 새들의 지저귐처럼
> (겨울은 그들에게 은 대신 금을 주었고
> 물을 오염시키고 초록빛을 칼질하여 갈색 빛으로 만들고 은행에 줄서게
> 하네)
> 서로 다른 구멍에서 하나의 언어가 흘러나오네.
> 그래서 나는 믿기를, 과연 우리가 병폐한 나라의 폭풍 소리와
> 배고픔이 덮친 도시의 분노를
> 욕망과 공포의 분절 없이 들을 수 있을 정도로 강한지,
> 그 소리들은 또한 어린아이의 그것이나;
> 해변가에서 사랑을 꿈꾸며 숨 막히게 춤추는
> 어느 소녀의 그것과도 같을 것이다.

> The old voice of the ocean, the bird-chatter of little rivers,
> (Winter has given them gold for silver
> To stain their water and bladed green for brown to line their
> banks)
> From different throats intone one language.
> So I believe if we were strong enough to listen without
> Divisions of desire and terror

To the storm of the sick nations, the rage on the hunger-
smitten cities,
Those voices also would be found
Clean as a child's; or like some girl's breathing who dance
alone
By the ocean-shore, dreaming of lovers.[162]

이 시에서 "대양의 옛 소리"는 태평양 해안가에서 관찰되는 파도 소리를 가리킨다. 제퍼스는 20세기 초반 캘리포니아를 중심으로 열풍이 일었던 금광 개발에 대한 문제를 짚으면서, 자연의 소리가 얼마나 아름다운지를 우회적으로 대비시키고 있다. 제퍼스의 「연어 낚시(Salmon Fishing)」, 「대륙의 끝(Continent's End)」과 같은 시들을 통해서도 제퍼스가 '대륙의 끝'에서 인간 사회와 자연의 거대한 차이를 실감하였음을 추정할 수 있다. 제퍼스는 「포인트 조(Point Joe)」에서, "하루 종일 걸으면서 보니 시의 일부로 만들어질 수 없는 것은 아무것도 없다"[163]라며, 주변을 산책하면서 느끼는 명상의 결과가 자신의 시가 되고 있음을 고백한다.

제퍼스의 생태적 인식을 인간에 대한 무심의 생태학으로 살펴보았을 때, 그것이 비록 제퍼스 개인의 개별적 차원이라 하더라도 카멜과 토르 하우스는 그의 생태적 인식이 현실의 거주지로 실현된 실천적인 생태적 거주라는 점이 더 명확해진다. 물론 제퍼스의 실천 방식은 셸리가 영국과 아일랜드에 대한 정치적인 논고들을 발표했던 저항의 실천 사례나, 스나이더가 직접 삼림보호원과 같이 환경 보호 운동에 참여한 행동의 사례와는 다르다. 제퍼스는 자연 속으로 들어가 대자연과 공존했다는 측면에서 도시를 떠난 은둔 시인일 것이다. 제퍼스는 자연 그 자체에 거주하는 시인이 되었다. 그러나 제퍼스는 이 표면적인 은둔의 과정에서 자연에 대한 인간의 지배 담론과 인간중심주의에 대한 환멸이라는 비인본주의를 통해 인간은 모두 자연의 일부라는 사실을 대중에게 알리기 위해 노력하였다. 제퍼스의 이러한 시도는 신에 대한 거부로 인간을 중심에 두지 말아야 한다는 의미를 담은 과격한 시어를 탄생시켰다.

제퍼스는 카멜과 토르 하우스에서 거주함으로써 생태적 거주를 실천하였는데, 이것은 그의 생태적 인식에 근거한 것이어서 중요하고 생태 작가의 거주로도 의미가 충분하다. 라이온(Thomas J. Lyon)은 전통적으로 "자연 속에서의 개인적 경험은 신화의 커다란 패턴, 즉 분리-입문-회귀의 구성을 따른다"[164]라고 지적한 바 있다. 이는 엄밀히 볼 때 숲속에서의 2년 2개월 2일 동안 '실험적으로' 생활한 후 다시 문명세계로 돌아간 소로우 역시 이러한 패턴에 충실하다고 할 수 있다. 아울러 영국 북서부의 호수 지역에 거주하던 소위 '호반파 시인(The Lake Poets)'인 워즈워스, 콜리지(S. T. Coleridge), 그리고 사우디(Robert Southey)의 경우 역시 이 패턴에 포함된다고 할 수 있다.

이에 반하여, 제퍼스는 카멜과 토르 하우스에서 거주를 시작한 뒤에는 문명 세계로의 '회귀'를 거부하고 우주적 자연에 대한 명상에 심취했다. 제퍼스의 이러한 명상이 생태적 실천에서 중요한 의미를 지닐 수 있는 것은 제퍼스의 자연에 대한 인식과 제퍼스 시대의 자연에 대한 일반적인 인식을 비교해 보면 보다 명료해진다. 헌들(Carl G. Herndl)과 브라운(Stuart C. Brown)은 "전통적으로 대부분의 수사학자(rhetoricians)들에게 환경(the environment)이란 우리가 밖으로 나가 세상 속에서 발견해 낼 수 있는 것이 아니라, 그것은 우리가 언어를 사용하는 방식을 통하여 구축해 온 하나의 조합된 일련의 문화적 가치이자 개념이다"[165]라고 주장하고 있다. 즉, 제퍼스가 카멜과 토르 하우스에서 명상을 위해 은둔을 선택한 것은 자연과 그 속에서의 인간을 노래한 그가 시를 짓고 생태적 사고로 사유함으로써, "언어를 사용하는 방식"으로 구축되어 온 '관념적인' 것들과는 차별화하기 위한 행위인 것이다. 생태비평이 오늘날 실천이라는 비평적 한계를 지니고 있다면, 그 실천을 보완해 줄 수 있는 것은 자연에서의 직접적인 체험뿐이다. 이러한 점에서 카멜과 토르 하우스에서 생산된 제퍼스의 시는 다름 아닌 '경험의 시'인 것이다. 제퍼스의 사후에 출간된 시집 등을 통해 볼 때 제퍼스의 창작 활동은 카멜로 이주한 이후인 1917년부터 왕성한 것으로 보인다. 또한 제퍼스가 죽고 난 후 토르 하우스를 방문했던 밀로즈(Czeslaw Milosz)는 토르 하우스의 돌탑과 정원, 그곳에서 보이는 태평양의 파도를 보면서 위대한 시인의 영혼이 그곳에 존재하는 것처럼 느꼈다고 술회한 바 있다. [166] 이러한 사실들은 카멜과 토르 하우스에서의 제퍼스의 삶과 정신이 자연 속에 융화되어 있음을 확인할 수 있는 대목이다.

자연이 표정을 바꿀 때

아울러 러브는 "전원(pastoral)에 대한 재정의는 녹색 세계(green world)와의 접촉이, 주로 문명에 대한 거부를 위한 소박함으로의 일시적인 소요(逍遙)가 아니라 종국에는 실재 세계(practical world) 로의 회귀로 인식되어야 할 것이다"[167]라고 주장하고 있다. 러브의 주장에서 "실재 세계"는 인간이 거주하는 문명 세계가 아니라, 인간의 의식과 생활을 지배하는 자연과 융합된 실질적인 삶의 모습이다. 이렇게 볼 때, 제퍼스가 카멜과 토르 하우스에서 보냈던 삶은 "실재 세계로의 회귀"를 위한 실천적인 삶의 본보기로 작용하고 있다.

드발(Bill Devall)과 세션즈(George Sessions)는 제퍼스의 시 「해답 (The Answer)」에 심층생태주의의 핵심이 녹아 있다고 보았다.[168]

> 그렇다면 해답은 무엇인가? - (…)
> 그 자체의 고유한 온전성을 지켜내는 것, 자비로울 것, 타락하지 말 것 그리고 악을 소망하지 말 것; 그리고 속아 넘어가지 말 것 (…)
> 종종 혹독한 손은 흉악할 정도로 추하게 드러난다. 온전성은 전체,
> 더 위대한 미(美)란
> 유기적 전체, 생명과 사물의 전체성이며, 우주의 신성한 아름다움.
>
> Then what is the answer? — (…)
> To keep one's own integrity, be merciful and uncorrupted and not wish for evil; and not be duped (…)

Often a severed hand appears atrociously ugly. Integrity is
wholeness, the greater beauty is
Organic wholeness, the wholeness of life and things, the
divine beauty of the universe.[169]

이 시에 나타난 "유기적 전체", "생명과 사물의 전체성"이라는 표현은 제퍼스의 생태적 인식과 실천 방식을 가늠할 수 있는 총체적인 의식을 드러낸다. 제퍼스가 우주적 아름다움을 추구하고 명상을 통해 시를 썼다는 점에서 낭만성과 초월주의적인 요소는 있으나, 제퍼스는 "그렇다면 해답은 무엇인가"[170]에 대한 해답을 통하여 개개인의 인식과 실천의 면면이 모든 공동체의 조화로운 공존을 위해 필수적인 항목임을 강조하고 있다.

러브는 제퍼스의 「해답」과 헤밍웨이의 『노인과 바다(The Old Man and the Sea)』를 생태비평적 측면에서 접근하여 비교하였는데, 이를 통해 제퍼스의 카멜과 토르 하우스에서의 삶이 그의 시에 어떤 영향을 미치고 있는가를 간접적으로나마 엿볼 수 있다. 러브는 무엇보다도 "헤밍웨이의 원시주의에는 자연에 대한 경외심이 존재하지 않는다"[171]라고 본다.

『노인과 바다』는 악당처럼 묘사되는 상어 역시 청새치나 참고래나 거북과 마찬가지로 바다의 고상함을 유지하기 위해서 필요하다는 인식, 상어를 없애는 것이 상어가 먹이로 삼는 다른 종들까지도 위협에 빠뜨릴 수 있다는 인식, 상처 입고 나약하고 늙고 느

자연이 표정을 바꿀 때

린 것들을 먹어치움으로써, 상어는 가장 건강하고 강한 것이 살아남을 수 있다는 원리를 확고히 한다는 인식, 고기의 숫자를 조절함으로써 적절한 식량 공급의 균형을 유지한다는 인식을 포함하지 않는다. (…) 알도 레오폴드(Aldo Leopold)는 우리는 산처럼 생각하는 방법을 배워야 한다고 주장한 바 있다. 그리고 그것은 산의 포식동물이 사슴의 숫자를 제한함으로써 사슴과 산의 황폐화를 막는 것을 인지하는 것이다. 인간처럼 생각한다는 것은 상어와 군함을 인간의 적으로 인식하는 것이다.

It(*The Old Man and the Sea*)* does not include a recognition that the villainous shark, for example, is no necessary to the nobility of the sea than the marlin and the porpoise and the turtle; that the elimination of the shark would threaten the other species on whom it preys; that, by taking the wounded or the feeble or the slow or the old, the shark ensures the survival of the healthiest and strongest; that the shark, by trimming the numbers of fish, keeps their proportions appropriate to the food supply. (…) Aldo Leopold once claimed that we need to learn to think like a mountain, which depends on its predators to keep its deer population from exploding and denuding its slopes of vegetation, eventually causing starvation and erosion and thus the death of deer and mountain alike. Thinking like a man may characterize the shark and the man-of-war as our enemies. [172)]

---

* 괄호는 해석의 편의를 위하여 필자가 추가한 것임.

러브는 이러한 원인을 헤밍웨이의 작가적 이력이 1960년대 말 이후의 환경적 인식으로 이어지지 못했기 때문이라고 지적한다.[173] 러브의 지적을 근거로 할 때, 제퍼스의 「해답」은 레오폴드가 제안하는 "산처럼 생각하는" 것이 무엇인가를 극명하게 보여 준다. 제퍼스는 "그 자체의 고유한 온전성을 지켜내는 것"이 "흉악할 정도로 추하게" 드러날 수 있음을 인지한다. 물론, 이 "추함"은 인간중심적 사고의 추함에 불과한 것이다. 제퍼스는 이 추함을 "더 위대한 미"로 여기고 "유기적 전체, 생명과 사물의 전체성이며, 우주의 신성한 아름다움"으로 편입시킨다. 가장 아름다운 것은 "산처럼 생각"할 때만이 가능한 것이다. 이러한 사고는 자연을 직접적으로 그리고 생활로써 체험하지 않고서는 거의 불가능한 일이다. 제퍼스의 이러한 체험은 카멜과 토르 하우스에서의 삶이 낳은 결과라고 할 수 있다.

아울러 제퍼스가 경험한 카멜과 토르 하우스에서의 삶은 일차적으로 그 자신의 생태적 실천이라는 측면에서 의미를 지니지만, 「해답」에서처럼 그 삶이 자신의 시 속에서 재현된다는 점은 오늘날의 생태비평과 현대인들에게 중요한 의의를 제공한다. 즉, 제퍼스는 가장 온전한 생태적 실천의 체험을 보여 줌으로써, 그 실천이 불가능하다고 여기는 현대인들에게 심리적인 간접 체험을 가능하게 한 것이다. 엄밀히 보자면, 다수의 반감을 초래한 "비인간주의"도 바로 이 온전한 생태적 실천의 민낯으로 볼 수 있다.

결과적으로 제퍼스는 카멜과 토르 하우스의 삶을 통하여 자신의 생태적 인식을 가장 온전한 형태의 실천에 옮긴 최초의 인물이다. 이러한 실천은 이후의 생태 사상가들, 특히 스나이더의 생태적 거주의 초기 모델이자 표본으로서의 역할을 하게 된다. 제퍼스는 표면적으로는 지도에서 육지의 끝이자 바다와 맞물려 있는 외곽 지역에 거주한 은둔 시인이라는 이미지를 심어 주지만, 제퍼스의 생태적 거주는 토르 하우스 주변과 카멜 지역 전체, 이후에 대중과 문학가들에게 영향력을 미쳤다. 이는 곧 제퍼스의 생태적 인식의 실천을 보여 주는 뚜렷한 결과인 셈이다. 제퍼스가 생태적 거주를 통해 생태적 인식을 실천한 결과는, 제퍼스의 생태적 인식과 실천 방식이 주목받고 있다는 사실에서도 검증된다. 브로피(Robert Brophy), 젤피(Albert Gelpi), 슬로빅, 라이온 등 저명한 제퍼스 및 생태 비평가들이 학술지 《제퍼스 연구(*Jeffers Studies*)》에 참여하고 있으며 스나이더는 고문으로 활동해 왔다. PART 4에서 스나이더의 생태적 인식과 실천의 경향에 대해 살펴보는 것으로 제퍼스의 영향력은 더욱 입증될 수 있을 것이다.

스나이더

: 생태적 공생을 향한
비인본주의적 실천

'무성(無性)'의 시학과 생태학

　스나이더는 시인이자 수필가일 뿐만 아니라 인류학자, 환경 운동가, 심층생태 사상가이다. 스나이더는 1930년 샌프란시스코에서 태어났으며 리드 대학, 캘리포니아 버클리 대학에서 문학과 인류학을 전공했다. 스나이더의 명성이 미국을 넘어 해외로까지 널리 알려지게 된 것은 1974년에 『터틀 아일랜드』가 퓰리처상 시 부문에 선정되면서부터이다. 『도끼 자루(Axe Handles)』는 1983년 미국출판상(American Book Award)을 수상했다. 또한 1992년 발표한 시 모음집 『무성』은 1993년 그 해의 책(National Book Award)으로 선정되기도 하였다.

　스나이더 시의 특징은 쉬운 글쓰기에 있다. 스나이더는 읽기 쉬운 구어체를 사용하는데, 형식에 얽매이지 않는 자유시를 간결하면서도 직설적인 단어로 쓴다. 스나이더 시의 내용상 특징은 20세기 중반 이후의 정치적·사회적·문화적 문제를 담고 있다는 점인데, 『쇄석(Riprap)』과 같은 초기 시집에서 후기의 저작에 이르기까지 문명 비판과 환경 파괴에 대한 시인의 우려가 지속적으로 나타나고 있다.

자연이 표정을 바꿀 때

스나이더가 시와 글을 쓰는 방식이 자유롭고 간결하면서도 역사와 문화 그리고 환경적 비판을 담게 된 배경에는 두 가지의 영향이 있었다고 본다. 먼저, 어린 시절부터 미국의 서부 지역 원주민(Native Americans)들의 토착 문화를 경험한 바 있다. 북미 원주민의 사고와 삶의 방식에 대한 지속적인 관심이 스나이더의 시에 녹아 있다. 다음으로, 스나이더는 1950년대부터 인도, 일본, 중국 등을 비롯한 아시아권의 문화를 체험하고 연구하면서 동양 사상을 섭렵했다. 특히 일본에서 선불교를 수행한 체험은 이후의 사상과 삶의 방식에 심대한 영향을 미쳤고, 스나이더의 시는 미국 내에서 동양 사상, 특히 선불교에 대한 관심을 불러일으켰다.

스나이더는 1950년대부터 본격적으로 자신의 생태적 인식을 『신화와 텍스트(Myths & Texts)』 등을 통해 드러내기 시작한다. "시는, 사람과 같아서, 시간을 두고 변화를 계속한다"[174]라는 스나이더의 언급은 시의 중요성을 강조하면서도 자신의 자연관 전체를 아우르는 핵심을 담고 있다.

최근 환경 문학에 대한 관심이 부쩍 커지게 된 배경에는 산업혁명 이후 무분별하게 개발되어 온 자연 파괴 문제가 오늘날 인류의 생존을 위협한다는 위기의식이 깔려 있다. 생태비평계는 이 위기가 본질적으로 자연과 인간의 관계가 제대로 정립되지 못했다는 관점에서 해결책을 찾기 위해 고심한다. 자연과 인간의 바람직한 관계를 재고하고 재설정할 것을 요구하는 것이다.[175] 「쇄석」에서 그는 언어와 문화, 시간과 공간이 모두 변화하는 무성(無性)을 지니고 있음을 보여 준다.

이 말들을
네 마음 앞에 돌처럼 깔아두라
　　단단하게, 손으로
좋은 곳에 놓아라
마음의 몸 앞에
　　시간과 공간 안에 있는:
단단한 나무껍질, 잎, 그리고 벽
　　사물의 쇄석:
은하수의 돌멩이,
　　길 잃은 위성들,
이 시들, 사람들,
　　안장을 끌고 있는
길 잃은 어린 말들
　　　　(…)
　　모두 변하네, 생각을 통해서,
사물도.

Lay down these words
Before your mind like rocks.
　　placed solid, by hands
In choice of place, set
Before the body of the mind
　　in space and time:

　　　　　　　　　　　자연이 표정을 바꿀 때

Solidity of bark, leaf, or wall
        riprap of things:
Cobble of milky way,
        straying planets,
These poems, people,
        lost ponies with
Dragging saddles
        and rocky sure-foot trails.
                (…)
        all change, in thoughts,
As well as things.[176)]

삼라만상은 모두 변하며 인간과 인간의 언어와 사고도 예외가
아니다. "쇄석"이 의미하는 바를 전달하기 위해 스나이더는 의도적
으로 시의 첫 구절 "이 말들을 / 네 마음 앞에 돌처럼 깔아두라 /
단단하게, 손으로"를 마치 그림으로 그리듯이, 톱니바퀴 모양으로
돌을 괴듯이 한 행, 한 행 배치하고 있다. 우주에 존재하는 "은하
수의 돌멩이"는 "위성들"이 되고, 자신이 쓴 한 편의 시 또한 하나
의 쇄석이 되며, "안장을 끌고 있는 / 길 잃은 어린 말들"에게 쇄석
은 나아갈 길을 알려주는 나침반의 역할을 한다. 그러나 모든 것
은 거대한 자연의 힘 속에서 변한다. 쇄석마저도 변화를 피할 수
없다.

　문제는 변화를 있는 그대로 수용하지 못하는 인간의 오만이다.
인간은 다른 존재들에 비해서 우월하다는 편견 때문에 만물, 만상

의 근본적인 속성인 변화를 거부한다. 그리고 그 결과는 비인간 자연에 대한 억압과 수탈로 나타난다. 따라서 인간과 자연이 평등하게 공존하는 친생태적 공동체를 이루기 위해서는 우선 변화를 거부하는 인간의 오만과 편견을 경계해야 한다. 스나이더는 인간 중심주의적인 사고와 문화를 전복하기 위해서 우선 사물이 변하듯이 자신의 시를 포함하여 인간화된 모든 사고 자체도 변한다는 진리를 받아들이라고 충고한다.

스나이더의 시가 중국 문화, 일본 문화 및 일본의 선불교와 같은 동양 사상과 북미의 토착 문화를 아우르는 사실은 그의 경험의 폭이 실로 광대하며 스나이더의 관심이 자신과 이웃, 인류의 미래에까지 확장되고 있음을 입증한다. 스나이더의 시 세계는 자연과 인간의 조화로운 관계 맺음을 추구하는 동시에 인간 사이의 평등 문제로까지 발전한다. 「혁명 속의 혁명 속의 혁명(Revolution in the Revolution in the Revolution)」이라는 흥미로운 제목의 시에서 스나이더는 자본주의자들, 제국주의자들, 문명, 의식이 있는 인간들을 지배자로, 민중, 자연, 무의식의 존재들을 피지배자로 배치한다.

> 만일 자본주의자들과 제국주의자들이
> 착취자들이라면, 민중은 노동자이다.
> 그리고 당은
> 공산주의자들이다.

If the capitalists and imperialists

자연이 표정을 바꿀 때

are the exploiters, the masses are the workers.

    and the party

      is the communist.[177]

    자본주의자들과 제국주의자들이 민중을 착취할 때, 그 민중의 당은 공산주의자가 된다. 위에서 인용한 구절은 한때 사회주의 이념에 매료되기도 하였던 스나이더의 공감 의식을 엿볼 수 있는 대목이다. 여기에서 시인의 직설적인 화법은 셸리의 선동적이고 제퍼스의 자극적인 언어 사용과 같은 맥락에서 스나이더가 환경 파괴와 문명 비판에 대한 민중 혹은 독자의 의식을 일깨우기 위해 의도적으로 사용하는 시적 표현이다. 이제 인간 세상의 '지배-피지배' 관계 이미지는 그대로 인간과 자연 사이의 불평등 관계로 전환된다.

    만일 문명이

      착취자이면, 민중은 자연이다.

        그리고 당은

        시인들이다.

If civilization

    is the exploiter, the masses is nature.

      and the party

        is the poets.[178]

자연을 착취하는 주체는 인간이다. 스나이더는 시각을 확장하여 자연을 착취하는 주체를 문명 자체라고 본다. 그리고 스나이더는 인간과 자연 사이의 불평등한 '착취-피착취' 관계를 시정하고 둘 사이의 조화로운 관계를 회복시킬 수 있는 주체로 시인을 등장시킨다. 스나이더의 시 「문명(Civilization)」에서도 문명으로 인해 오히려 "세상이 지옥을 향해갈 것이다(world's going to hell)"[179]라며 한탄한다. 스나이더는 이를 통해 문명으로 인해 길이 생기고 새로운 마을이 생기지만, 이는 곧 멸망으로 가는 길임을 암시하고 있다. 그리하여 맹목적인 개발은 발전이 아닌 파괴이며, 이는 결국 우리의 생존까지 위협할 것임을 경고하고 있다.

　이처럼 자연 파괴에 대한 냉철한 반성을 요구하는 스나이더의 친생태적 관점은 심층 생태학과 환경 운동가들에게 큰 영향을 주었다. 헤켈이 "유기체와 환경 사이의 총체성 혹은 그 관계의 틀"[180]로 정의하는 생태학은 바로 스나이더가 시어를 통해 추구하는 진정한 평등 관계와 맥이 닿는다. 『우주 속의 한 점』에서 스나이더는 생태학이 "자연계 내에 존재하는 관계, 에너지 이동, 상호 의존, 소통, 인과관계의 그물망이 이루는 관계"[181]라고 정의한다. 그의 이 정의는 앞서 살펴본 셸리의 시 「얼래스터」에서 젊은 시인이 자신의 여정의 끝에서 달성하는 "자연의 광대한 틀, 인류의 거미줄, / 탄생과 죽음, 그것들은 모두 이전과는 다르네"[182]라는 각성과도 크게 다르지 않다. 심층 생태학자들 역시 인간과 자연의 관계가 지배와 피지배의 주종 관계가 아니라, 인간 역시 우주의 질서와 섭리에 영향을 받는 일원이라는 점을 주지시키려 한다. 그들은 생태학과 환경 운동이 지구상에 존재하는 다른 모든 생명체의 삶의 가치도 인간의 삶의 가치와 동등하게 인정할 수 있어야 한다는 점을 강조한다.[183]

심층 생태학은 이렇게 인간과 자연의 새로운 관계를 정립하고 비인간 자연을 공동체의 일원으로 받아들여 인간과 자연 사이의 조화와 균형을 이루기 위해서는 인간도 자연의 일부임을 인정하도록 주문한다. 드발은 자연과 인간의 조화를 위하여 인간은 각자의 "생태적 인식(ecological consciousness)"을 계발할 필요가 있다고 주장한다.[184] 셸리나 제퍼스가 그랬던 것처럼, 스나이더의 시어 역시 그러한 생태적 인식의 계발을 지향하고 있음은 당연하다.

스나이더의 「미각의 노래(Song of the Taste)」에 등장하는 모든 개체는 상호 영향을 주며 공존한다는 생태학의 기본 원리와 이상을 단적으로 보여 준다. 이 시는 일견 매우 단순해 보이지만 그 속에 유기적 전체의 의미가 함축되어 있다.

> 땅속에서 나온
> 　크게 자라난 뿌리를 먹네
> 우주에서 뽑아
> 포도에 숨겨져 있는
> 　살아 있는 빛 송이의 씨 안에서
> 생명을 이끌어낸다.

> Eating roots grown swoll

inside the soil
Drawing on life of living
clustered points of light spun
out of space
hidden in the grape.[185)]

　한 알의 포도에는 온 우주의 생명이 담겨 있다. 따라서 포도 한 알을 먹는 것은 포도의 영양분을 빨아들이는 포도나무의 뿌리, 뿌리를 덮고 있는 흙의 기운, 그 흙에 생명을 불어넣는 햇빛 모두를 먹는 행위이다. 시인에게 포도는 한 알, 한 알이 생명의 근원이다. 스나이더는 '먹는 일', 즉 섭생이라는 가장 근원적인 생명 현상을 관조하면서 마치 우주의 한 지점에서 관찰하듯이 시를 쓴다. 시인의 관점은 땅 위에서 시작하면서도 마치 우주의 가장 위쪽에서 전체를 내려다보는 듯하다. 이 시의 앞부분에서 시인은 우주적 관찰자의 입장이 되어 포도를 바라보지만, 뒤로 갈수록 그 시선은 가장 가까운 땅 혹은 가장 가까운 곳에서 바라보는 것처럼 이동한다. 스나이더는 생태계 전체의 생명 현상을 미시적인 동시에 거시적으로 보고 있는 것이다.

　스나이더의 시는 그의 무성의 생태학에서 나온다. 무성은 인간을 포함하여 삼라만상에는 본질이 없다는 불교적 개념이자 세계관이다. '나'의 존재의 본질을 잊는 것은 무아(無我)이고 사물의 본질적 가치가 정해져 있지 않았다는 점에서는 무성이다. 무아와 무성의 개념은 결국 자기중심주의를 여읜 개념이며 그것은 인간중심

자연이 표정을 바꿀 때

주의를 포함한 온갖 차별의식을 해체한다. 따라서 스나이더의 무성의 시학은 배타적인 개념이 아니라 포용의 담론이다.

스나이더의 시들은 마치 일상생활을 기록한 일기처럼 편안하고, 그 주제는 매우 현실적이다. 그 편안함과 현실성의 이면에는 그가 끈질기게 주장하는 변화의 내용, 자연과 인간의 진정한 공생 관계가 함축되어 있다. 무아와 무성을 깨우친 인간만이 자연과의 공생이 가능함은 물론이다.

「뿌리(Roots)」에서 인간의 우월의식을 버린 화자는 자연을 인간 생명의 근원으로 보기 때문에 나무뿌리와 직접 소통한다.

　　　부드러운 화산재를
　　　긁어내고 파헤치네
　　　괭이자루는 짧고,
　　　해는 길어
　　　땅 속 깊숙이 손가락으로 뿌리를
　　　찾아, 꺼내어 느껴본다;
　　　뿌리가 단단하다.

　　　Draw over and dig
　　　The loose ash soil
　　　Hoe handles are short,
　　　The sun's course long
　　　Fingers deep in the earth search

Roots, pull them out; feel through;

Roots are strong. [186]

스나이더의 관찰과 관조는 주체와 객체를 전도하는 역할을 해주는 시적 전략이다. 스나이더는 화자의 입장과 사물 혹은 자연의 입장을 병치하는 방식으로 시를 쓴다. 그러한 관점의 병치가 시인 스나이더의 자연관을 대변하고, 그것은 결국 무성을 지향하고 있다. 자신은 어디에도 속하지 않으면서 동시에 모든 곳에 속하고 있다는 사실을 독자들에게 일깨우고자 시도한다. 무아와 무성의 시학은 타자를 향한 열린 언어이다. 스나이더의 그것은 비인간 자연을 생태 공동체의 평범한 일원으로 끌어올리고 인간을 평범한 구성원으로 끌어내리려는 전략이다. 이러한 전략은 제퍼스가 추구했던 비중심화와 유사하다.

그러나 무아와 무성의 논리는 지나친 추상성, 허무주의, 극심한 상대주의 가치관을 조장하는 담론으로 치부될 가능성도 있다. 나의 본질이 없다는 생각은 나의 가치관이 모두 상대적이므로 내가 나의 가치관에 대한 책임을 느낄 필요가 없다는 논리를 가능하게 할 수 있기 때문이다.

인간과 사물에 자성이 없다는 것은 자성으로 부를 만한 고착된 관념이 없다는 뜻이지, 경험에 의하여 형성되는 성질을 부정하는 것은 아니다. 불교에서 무아와 무성을 말할 때, 경험에 의하여 형성되는 자아마저 부정하는 것은 아니다. 무성은 외부에서 주입된

자연이 표정을 바꿀 때

온갖 차별의식과 분별력의 해체이지만 개인의 경험과 집단적 경험의 공유에 의하여 형성되는 분별까지 거부하는 것은 아니다. 그래서 스나이더의 무성의 시학은 공공(公公)의 담론을 지향한다고 볼 수 있다. 스나이더의 자연관과 시학은 관념이 빚은 자아와 자성을 떠나 경험이 구축하는 자아와 자성을 허용하는 담론이다.

이러한 논리가 인간과 비인간 자연 모두에 대한 시인의 공감을 허용한다. 제퍼스의 생태적 실천과 스나이더의 실천은 모두 공공의 생태적 인식에 기인한다. 스나이더와 다른 생태 시인들의 공통점은 이성 중심과 인간 중심의 세계관을 해체하고 모든 생명체의 평등한 관계를 주장한다는 데 있다. 이들 생태 시인들은 친생태적 문화 건설을 위하여 우선 자연에 대한 태도와 가치관의 변화를 요구한다는 점에서 심층 생태학자들과 뜻을 같이한다. 그럼에도 특히 스나이더가 크게 주목받아 온 까닭은 창작 활동이라는 문학적 실천을 포함하여 자신의 실제적인 삶의 방식과 사회적·정치적 활동을 통해 그 소신을 명확히 실천하고 있기 때문이다. 그의 생태적 인식은 곧 인본주의의 발현이자 공감심의 실천이다. 이러한 점에서 스나이더는 셸리나 제퍼스와 함께 생태적 인식을 공유하면서 앞선 시인들보다는 보다 명료하게 구체화된 실천을 행하고 있는 것이다.

인간과 자연의 관계에 대한 스나이더의 성찰은 「대가족을 위한 기도(Prayer For the Great Family)」에 드러나 있다. 이 시는 인간은 흙, 공기, 물, 동식물과 더불어 자연계를 구성하는 대가족의 일원임을 강조하는 모확 인디언(Mohawk Indians)들의 기도문을 모티프로 활용했다.

어머니 지구에게 감사하네, 쉼 없이 항해하고 있네-
그리고 그 비옥하고 귀하고도 좋은 대지에게도 감사하네
우리 마음도 그렇게 되기를

행성들에게 감사하네, 태양을 향하며 빛을 변화시키는 잎과
그리고 섬세한 뿌리털들, 비와 바람 속에서도 서 있으며

그 춤이 흐르는 나선형 나뭇결이 있는 초목들에게도 감사를
우리 마음도 그렇게 되기를.

Gratitude to Mother Earth, sailing through night and day-
and to her soil: rich, rare and sweet
in our mind so be it

Gratitude to Plants, the sun-facing light-changing leaf
and fine root-hairs; standing still through wind
and rain; their dance is in the flowing spiral grain
in our minds so be it. [187]

스나이더가 주장하는 비인본주의의 핵심이라고 할 수 있는 따뜻한 인간애와 무성의 실현은 인간과 자연의 관계에 대한 통시적인 자각의 과정을 거쳐야 한다. 그리고 이 과정을 거친 개인이라면, 지구 생태계에서의 지속 가능한 생존을 위한 최소한의 책무를 이

자연이 표정을 바꿀 때

행하는 것이 된다. 이것이 러브록이 주창한 "어머니 지구"의 개념을 스나이더의 시에서 자주 발견할 수 있는 이유이다. 우주라는 어둠 속에서 작은 점 하나로 태어난 모든 생명체가 큰 가족의 틀 안에서 생존할 수 있는 방법은 "그 비옥하고 귀하고도 좋은 대지"에게 따뜻한 애정으로 감사하며 경의를 표하는 마음과 진정한 비인본주의적 사상을 내재화하는 것이다.

생태 시인으로서의 스나이더의 꿈은 터틀 아일랜드라는 자신의 이상향을 회복하고 그곳에 인간과 자연이 공존하는 생태 공동체를 세우는 일이다. 터틀 아일랜드는 북미 원주민들이 북미 대륙을 가리키던 말이다. 그는 문명으로 때 묻지 않은 야생 지대를 열망한다. 그러나 스나이더는 이곳으로의 회귀는 현재 소유한 것을 모두 버리고 새로운 것을 취하는 형식이 아니라 우리가 사는 현재의 잔인한 실상을 깨닫는 일에서부터 시작되어야 한다고 본다. 그의 시 「최전선(*Front Lines*)」에서는 인간이 자행하는 자연 파괴의 실상을 묘사하면서 그 파괴의 폐해가 결국 부메랑이 되어 인간에게 되돌아올 것임을 경고한다.

암(癌)의 가장자리는
언덕을 등지고 부푼다-우리는 느낀다
오염된 바람을-
그것은 다시 가라앉는다.
사슴은 여기서 겨울을 나고
사슬톱은 골짜기에서 으르렁거린다.

열흘간 비가 내려 통나무 운반 트럭이 멈추자,
나무들이 숨 쉰다.

The edge of the cancer
Swells against the hill—we feel
a foul breeze—
And it sinks back down.
The deer winter here

A chainsaw growls in the gorge.

Ten wet day and the log trucks stop,
The trees breathe.[188]

이 시의 제목 「최전선」은 인간이 처한 최전선이나 자연이 처한
최전선, 어느 쪽으로 해석하더라도 스나이더에게는 차이가 없다.
생존의 문제에 있어서는 인간과 자연은 운명 공동체이기 때문이
다. 그에게 자연과 인간은 전체를 구성하는 부분이다. 그는 이 시
를 통해 인간의 거주지는 지금 최전선까지 파괴될 위험에 처해 있
다고 경고하고 있다. 벌목으로 자연을 파괴하는 행위는 인간의 거
주지 자체를 파괴하는 짓이다. 이미 반세기 이전에 이러한 시를 썼
다는 사실 자체가 그의 친생태적 혜안을 증명하고 있다.

스나이더의 시와 산문들은 인류의 생존이 위협받을 정도로 심각
한 지구 환경의 위기를 깊이 성찰한 결과물이다. 스나이더는 『터틀

자연이 표정을 바꿀 때

아일랜드』에서 인류의 생존에 위기를 초래한 가장 큰 원인을 인구 증가와 그에 따른 소비 증가, 오염 증가에서 찾았다. [189] 이들 원인 가운데 환경 오염의 증가는 자연을 폄하하는 문명의 발생에서 비롯되었다. 그 때문에 스나이더는 환경 위기를 극복하기 위하여 우선 인간과 자연의 관계를 계층적 이원론으로 보는 사고에서 벗어나야 한다고 본다. 스나이더는 "인간의 기원은 자연이며 자연은 존중받아야 한다"[190]라거나 인간과 자연이 "적절히 상호의존하며" 경쟁적인 관계를 벗어날 수 있는 실제적인 삶의 모델을 만들어 나가는 것이 중요하다고 언급하기도 한다. [191] 인간과 자연의 건강한 공존을 주장하는 이러한 언급은 그가 가진 인간과 자연 모두를 향한 관심과 애정, 공감심의 발로인 것이다.

스나이더가 추구하는 이상향과 바람직한 공동체의 본보기는 「야생 칠면조들에 둘러싸여(*Surrounded by Wild Turkeys*)」에서도 드러난다. 무리를 이루어 나는 새들은 "결코 한 마리의 지도자 없이 / 모두가 한 무리의 새들(never a leader, / all of one swift)"을 이루고 있다. 새들은 각자가 자신의 날개로 날아가지만 구성원 각자가 그 개체성을 유지하면서도 하나를 이루어 나아가는 모습이다. 이처럼 스나이더는 개체의 특성을 유지하면서도 전체적으로 질서를 유지하는 커다란 하나를 이루는 것이 바로 우주의 작동 원리라고 본다. 「모두를 위해(*For All*)」는 스나이더가 자기 자신에게 하는 일종의 약속으로, 시인으로서의 책무를 드러내고 있다.

나는 맹세한다, 터틀 아일랜드라는

대지와

그 위에 사는 모든 생명체들에게

태양 아래

다양하게

한 생태계를 이뤄

서로 기쁘게 관통되어 있는 모든 것들에게

I pledge allegiance to the soil

of Turtle Island,

and to the beings who thereon dwell

one ecosystemin

diversity

under the sun

With joyful interpenetration for all.[192)]

세계를 이루는 모든 것들에 대한 스나이더의 맹세는 '터틀 아일
랜드'라는 이상향에 대한 맹세이다. 그의 생태적 인식은 이렇게 모
두가 공존하는 이상향에 대한 정신적인 실천의 의지로 나타나고
있다. "태양 아래에 / 다양성을 이뤄 / 하나의 생태계로" 존재하는
모든 존재들에 대한 스나이더의 관심은 '경이로운 작은 것들에 대
한' 관심이다. "쥐와 잡초들도 귀중하고 그들이 절대적 아름다움을
지니고 있다는 소중한 인식"이 필요하다고 언급한 대로 스나이더
에게는 모든 존재와 생명은 그 가치를 보존하고 보전해야 할 '새로

자연이 표정을 바꿀 때

운' 옛 문화유산이다.

여기 실린 시들은 장소와 지속 가능한 생명의 에너지-통로에 대
해서 얘기한다. 각각의 생명은 저마다 그 흐름 안에서 하나의 소
용돌이이고, 형식이 있는 격동이며, 하나의 "노래"이다. 그 땅, 위
성 그 자체 또한 다른 속도를 지닌 생명체이다. (…) 우리의 옛적
결속을 이루기 위해, 그러한 뿌리에 우리는 다시 귀를 기울여, 이
터틀 아일랜드에서 서로 공존하는 작업을 하자.

The poems speak of place, and the energy-pathways that
sustain life. Each living being is a swirl in the flow, a formal
turbulence, a "song." The land, the planet itself, is also a liv-
ing being-at another pace. (…) Hark again to those roots, to
see our ancient solidarity, and then to the work of being
together on Turtle Island.[193]

스나이더의 생태학에서는 존재하는 주변의 사물들은 모두 율동
하는 생명들이다. 식물과 동물을 포함한 자연물은 모두 제각각의
공간을 점유하고 있는 자연의 거주자이다. 스나이더가 꿈꾸는 이
상적인 공동체는 터틀 아일랜드에서의 인간과 자연의 공생이다. 터
틀 아일랜드 안에 있는 지역적·문화적 경계와 공간은 모두 생명체
의 자연적인 삶의 조건에 따라 그 경계를 유지하면서도 새롭게 구
획되어야 한다. 사실 스나이더는 미합중국이 진정한 의미의 연합

을 이루기 위해서는 터틀 아일랜드를 "자연의 경계를 따라 생물권 지대, 자연 지형 지대, 문화권 지대"로 새롭게 구획해야 한다고 주장한다.[194]

스나이더의 주장은 과거로의 회귀이지만, 그가 열망하는 새로운 공동체의 이름, 터틀 아일랜드는 '옛 것이면서도 새로운 이름(the old/ new name)'이다. 스나이더가 추구하는 생태적 이상향은 결국 '새로운 옛 이름'으로 귀결된다. 생태적 회복이란 곧 잃어버린 원래의 이름과 그 언어를 되찾는 일이다. 그는 '터틀 아일랜드'라는 제 이름 찾기를 통하여 북미 원주민의 자연친화적 문화의 회복을 꿈꾼다.

그런데 스나이더의 이러한 이상향은 이상적인 꿈으로 끝나기 쉽다는 한계가 있다. 스나이더의 이상과 오늘의 현실 사이의 괴리가 너무 크다. 그래서 머피는 『터틀 아일랜드』에 대하여 언급하면서 "스나이더에게는 이제 '어떻게 살 것인가(how to be)'에 관한 철학적 인식과 실천이라는 문제를 일치시켜야 하는 문제가 남는다"[195]라고 지적한다. 이 언급은 인류의 지속 가능한 공동체를 건설할 수 있다는 막연한 이상주의나 시인의 상상력이 창조한 낭만적인 사고의 한계를 지적하면서 동시에 철학적 측면에서 인식의 문제 이후에는 실천의 문제가 남는다는 점을 명확히 짚어내고 있는 지적이다. 인식에서 실천으로 이어지는 부분에 대해서는 후술하기로 한다.

스나이더가 주장하는 자연으로의 회귀는 '자연으로 돌아가라'라고 외친 루소의 자연관이나 기존의 낭만적 자연관과는 상당한 차이를 보인다. 사실 인류가 근세와 현대를 거치면서 축적한 산업 문

　　　　　　　　　　　자연이 표정을 바꿀 때

화를 전면적으로 거부하는 일은 불가능해 보인다. 그래서 스나이더는 하루 한 시간은 숲속 길을 걷는 일을 제안하면서 인간과 자연의 공존이 가능한 공동체 문화를 지향한다.

그는 지속 가능한 친생태적 과학과 기술의 발전 자체를 결코 거부하지 않는다. 다만 과학과 기술이 자행해 온 핵물질 생산, 전쟁 무기 개발, 생태적 복원력을 능가하는 산업 폐기물 배출 등 지속 가능성을 무자비하게 해치는 맹목적인 산업주의와 군사팽창주의를 질타한다. 지속 가능한 과학기술과 문화를 지향하지만 결과적으로 스나이더는 자연과 인간의 공존을 지향한다고 볼 수 있다. 화이트헤드(Alfred North Whitehead)는 그의 저서 『과학과 현대 세계(Science and the Modern World)』에서 "모든 것은 기계적인 피상적 관계가 아니라, 생명체의 본질적 관계로 서로 연관되어 있다. 이러한 관계(relatedness)의 깊이를 회복할 때만이 과학이 회복될 것이다. 결과적으로 유기체의 시대가 도래하는 것"[196]이라고 지적한 바 있다. 엄밀히 보면, 화이트헤드의 주장은 스나이더의 생태적 인식과 마찬가지의 맥락인 것이다.

스나이더가 일본에서 10여 년 동안 선불교를 수행한 후, 미국으로 돌아와 선 사상과 접목된 생태적 인식을 구현하면서 당시 미국의 문학계와 환경 운동가들 사이에서 커다란 반향을 일으킨 바 있다. 이 배경에는 당시 동양 사상이 미국 사회에 영향을 미치기 시작했던 측면도 있겠으나 그의 자연관이 제퍼스식의 비인간화의 차원을 넘어 상당 부분 실용주의적 현실 인식을 보여 주었기 때문일 것이다. 무성의 깨달음에서 시작한 스나이더의 시학은 공과 공공의 경지를 넘나들면서 인간과 자연에 대한 공감을 보여 주고 있다. 그리고 자연과 인간 모두에게 공감심을 느낀다는 점에서는 그는 표면적으로도 제퍼스의 경우와는 달리 비인본주의 세계관을 지향한다고 볼 수 있다.

한편, 전술한 바와 같이 이상적인 꿈을 지닌 스나이더에게는 실천의 문제가 남는다. 스나이더는 실제로도 시에라네바다의 고산 지역으로 거주지를 옮겨 야생의 삶을 시작한다. 이것은 스나이더가 자신이 제시한 이상적 공동체의 실현을 위한 실천에 돌입했음을 의미한다. 이 생태 시인의 이상향은 이미 반세기 전부터 줄곧 터틀 아일랜드를 향해 있었고, 이제 그것은 '킷킷디지(Kitkitdizze, 'bearclover'의 원주민식 표현)'로 알려진 그의 주거지로 이어진다. 그리하여 시인은 앞서 머피가 지적한 '어떻게 살 것인가'의 문제를 몸소 자신의 실제적인 삶의 모습을 통해 보여 주고자 하며, 삶의 방식의 하나로 생태시를 쓴다.

자연이 표정을 바꿀 때

킷킷디지의 삶

1971년 스나이더는 북부 캘리포니아의 시에라네바다의 유바 강 주변 지역으로 거주지를 옮긴다. 그의 주거지인 킷킷디지는 하이 시에라로 불리는 고산 지역으로 말 그대로 끝없이 산과 강이 펼쳐진 지형이 있는 곳이다.

아메리칸 인디언은 시에라네바다 지역의 3,000피트 이상 고산 지대에서만 자라는 식물인 마운틴 미저리(Mountain Misery)를 킷킷디지(Kitkitdizze)라고 불렀다. 스나이더는 자신이 사는 곳을 '킷킷디지'라고 명명하고는, 지나가는 바람에 소나무와 참나무 잎들이 수런거리고 가끔 블루제이 새가 지저귀는 이외에는 너무도 고요한 곳, 안내지도가 없이는 찾을 수 없는 그곳에서 살고 있다.*197)

*

출처: 크립토포레스트(http://cryptoforest.blogspot.com/2010/10/kitkitdizze-snyder-home.html).
킷킷디지와 스나이더의 집 이미지는 구글에서 쉽게 찾을 수 있다. 가장 최근의 사진과 소식들도 고너먼 등을 통해 간헐적으로 전해지곤 한다.

스나이더가 고원 지대의 오지에서 살고 있다는 사실 하나만 보면 그는 제퍼스처럼 시대의 은둔자로 불릴 수도 있다. 그러나 스나이더는 현실에서 멀어진 시인이 아니라 명상과 수행을 위한 집을 짓고, 자신만의 공간에서 산책과 등산을 즐기고 있으며, 동시에 1970년대부터 시 낭송과 강의에 적극 참여하고 국내외 학회에서 시인이자 영문학자로서의 활동은 물론 환경 운동가로서의 역할과 활동을 끊임없이 하는 실천가이다.

> 그는 『달마의 후예들』에서 "산 속의 동굴에서 살 수밖에 없는 사람"으로 묘사된 은둔자 재피 라이더로서 살아갈 뿐만 아니라, 사회의 한가운데 들어와 역동적으로 살아가고 있기도 하다. 1970년대에서 1980년대에 이르기까지 미국 전역의 대학에서 시 낭독과 강의를 계속하였으며, 동시에 그가 살고 있는 지역의 환경보호 문제와 그 지역의 생태학과 삼림과 생태계의 유지와 관리에 대해 관여하고 있으며, 1985년부터는 데이비스 대학의 영문과 교수로서 강의를 하고 있다.[198]

스나이더가 왜 생태 시인이면서 환경 운동가인지는 그의 평화를 위한 투쟁, 각종 환경 보호 캠페인, 핵무기로부터의 해방을 위한 투쟁 등의 이력만 보아도 쉽게 이해할 수 있다.

1990년 스나이더는 자신이 20여 년간 야성의 삶을 실천하면서 쓴 에세이들을 모아 『야성의 실천(The Practice of the Wild)』을 출간했다. 1930년생인 스나이더는 40세가 되던 해 자신이 좋아하는 명상과 걷기, 등산을 즐길 수 있는 지역으로 가족과 함께 이주한다. 만 50년이 된 현재까지도 그는 킷킷디지와 주변의 고산 지역의 풍광 속에서 생태적 거주를 실천하고 있다. 스나이더는 셀리나 제퍼스와 달리 아직 현존하는 인물이기에 그의 문학과 삶에 대한 평가를 완결할 수 없다는 한계는 있다. 그러나 오히려 스나이더가 현재 생존해 있기 때문에 그의 생태적 인식과 실천을 사실적이고 현실적인 관점에서 이해하기 쉽기도 하다. 그러나 이것은 스나이더의 생태적 거주에 대한 정보를 입수하기가 쉽다는 뜻은 아니다. 아쉽게도 스나이더가 자연 시인이자 생태 사상가라는 측면 외에는 킷킷디지의 삶에 대한 실제적인 정보를 획득하는 일은 어렵다.

앞서 언급한 바와 같이, 생태적 인식과 실천이라는 측면에서 스나이더에게 영향을 미친 세 가지 요소는 환경 문제에 관심을 갖는 스나이더의 시인으로서의 면모, 북미 지역의 토착 문화 그리고 선불교로 대표되는 동양 사상이다. 그러한 세 가지 요소가 스나이더에게 이상향을 꿈꾸는 낭만성을 제공하는 한편, 스나이더를 자연에 대한 내밀한 관찰과 명상으로 이끌었을 터이다. 스나이더가 환경 운동이나 심층생태주의 운동 등에 실제로 참여하는 것을 적극적인 실천이라고 한다면, 작가로서의 명성이나 명예 혹은 이해득실에 연연하지 않고 꿋꿋하게 문명 비판으로 일관하는 시를 평생 써왔다는 사실 자체가 소극적인 의미의 실천, 의식적 실천이기도 하다. 스나이더 자신도 실천의 의미를 개인이 지속 가능한 삶에 스스로 조화하려는 '의식적인 노력'이라고 정의한다.

관건이 되는 중요한 말은 실천(practice)인데, 그 말은 우리 자신과 실재하는 세계의 존재 방식을 보고, 거기에 좀 더 섬세하게 조화하려는 신중하고도 일관된 의식적인 노력을 의미한다. 이 세계는 인간의 간섭이라는 극히 작은 예외를 제외하면, 궁극적으로 야성의 장소이다. 그것은 우리 인간이 지닌 야성적 부분과 같은 것으로서, 우리의 호흡과 소화를 인도해 줄 뿐만 아니라, 잘 관찰하고 그 가치를 제대로 알 경우 가장 깊이 있는 앎의 원천이 된다.[199]

　사실 스나이더는 자신의 인생에서 야성의 경이로움을 발견했던 어린 시절에 무분별한 벌목으로 인해 숲이 파괴되는 장면들을 보고 심한 충격을 받았고, 그러한 경험을 시에서 고스란히 녹여내고 있다. 『야성의 실천』에서 직접 자신이 "억압과 착취의 과정을 추적해 보겠다는 생각을 가지고 인류 역사와 자연사를 연구하기 시작했다"[200]라고 고백하는 점도 흥미로운 대목이다. 스나이더는 젊은 시절에 주변의 산악회와 야생 협회(Wilderness Society)에 가입하여 활동한 적이 있고 실제로 산림 관리자(forest ranger)로 일한 경험이 있다.[201] 자신이 의도한 야성의 삶을 몸과 마음으로 실천한 것이다. 그 실천의 방법에는 "정신적 훈련과 지식과 기술을 가르치는 일", 즉 교육이 포함되어 있었다고 스나이더는 밝힌다.[202] 스나이더는 "자연의 소리에 귀를 열고 헌신하라는 아버지의 특별한 자연관을 통해 야생에서 배운 것들은 자신과 늘 함께 있을 것"[203]이라고 밝힌 자신의 아들 젠(Gen Snyder)을 통해 그의 삶이 실제로 교육이라는 미래 지향적인 실천적 역할을 충분히 해 왔다는 사실을 확인할 수 있다. 그리고 동시에 여기서 스나이더와 같은 삶의 방식이 지닌 희망의 가능성을 엿볼 수 있다. 앞으로 몇십 년 후에는 이러한 교육의 영향이 스나이더의 경험과 그다음 세대인 아들들의 경험으로 확장된 결과를 가져올 가능성이 있다.

『터틀 아일랜드』의 시들이 포함되어 있는『무성』의 시들 대부분이 킷킷디지에서 나온 산물들이다. 이곳에 대해 스나이더는 "나는 내 나머지 인생을 살기로 한 이곳에서 기분 좋은 느낌, 또 어떤 강한 힘을 느낀다. 이것이 인간에게 필요한 가장 기본적인 것이 아닐까 한다"[204]라고 밝힌다. 스나이더가 자신의 몸과 정신을 살찌우는 곳이라고 말한 이 이상적 공동체, 킷킷디지는 원주민 부족인 푸에블로 부족(Pueblo tribes)이 추구한 땅에 대한 원리와 통한다. 카스트로(Michael Castro)는 푸에블로 부족의 특징은 대지를 "이용하기보다는 보호하고, 성장보다는 유지하며, 양보다는 질에 더 관심을 보였다"[205]라고 지적한다. 북미 원주민들은 일반적으로 대지를 어머니의 땅으로 보았는데, 이는 곧 북미 원주민들이 대지를 어머니처럼 숨쉬는 생명이자 귀한 존재로 여겼음을 의미한다. 킷킷디지에서 사는 스나이더는 북미 원주민들의 이러한 세계관을 수용하고 "생태적 생존(ecological survival)"의 안내자는 바로 땅 자체라고 본다.

스나이더에게 야성의 삶의 실천이란 야생과 집의 경계를 허무는 일이기도 하다. 그가 직접 편집한 시 모음집『무성』의 말미에 추가한 시 「수면의 물결(Ripples on the Surface)」은 그의 생태 사상과 야성의 삶을 아우르는 시이다.

"수면의 물결-
은빛 연어가 아래로 지나며 생긴 것-
미풍이 일으킨 물결과는 다르네"
(…)
   -자연은 책이 아닌, 하나의 행위예술, 하나의
고매한 문화

영원히 새로운 사건들
비벼서 벗겨지네, 문질러 지워지네, 그리고 이용되고, 다시 이용
되고-

"Ripples on the surface of the water-
were silver salmon passing under-different
from the ripples cause by breezes"
            (…)
   -Nature not a book, but a performance, a
high and old culture

Ever-fresh events
scraped out, rubbed out, and used, used again-[206]

이 시는 인간이 자연의 깊이를 모두 들여다볼 수 없다고 고백한
다. 바람이 일으킨 물결과 물속으로 연어가 지나가면서 일으킨 물
결은 분명히 다른 자연현상이지만 인간은 두 가지 물결을 동일한
현상으로 파악한다. 이처럼 인간의 미시적인 인식론은 피할 수 없

자연이 표정을 바꿀 때

는 한계이다. 문제는 오만한 인간이 자신의 한계를 스스로 인식하지 못하며 협소한 시각으로 자연을 읽었다고 간주하고 그 해석에 이름을 붙이는 데 있다. 그래서 자연은 인간이 인간의 언어로 고착시킨 책이 되어 버린 것이다.

자연이 책이 아니라 "율동"이자 "문화"라는 점은 그래서 중요하다. 자연이 매순간 변화하고 율동한다는 사실은 철학으로도 과학으로도 인정할 수 있는 내용이다. 순간의 변화는 과거도 미래도 아니며 오직 현재 그 자체에만 존재하지만, 인간이 이를 인식하려는 순간 이미 사라지고 만다. 그래서 스나이더가 주지시키고자 하는 "무성"의 핵심은, 사실 자연에는 이름이 없으며 그 이름은 무(無)이자 공(空)이라는 불교적 세계관이다. 자연은 끊임없이 변화하면서 존재하는데 변화를 멈추면 그것은 죽음이다. 자연의 본성이란 존재하면서도 실체는 없는 것이어서 무성이다.

시인에게 자연은 오래된 문화와 같다. 자연과 문화 사이에 대립적인 구분이 해체되며, 자연이 만드는 변화의 율동은 켜켜이 쌓여 인간들의 문화에 되먹임 한다. 자연은 문화를 지어내고, 문화는 자연을 변화시킨다. 자연이 변화이고, 문화도 변화하는 문화이다. 그래서 문화뿐만 아니라 자연현상도 "영원히 새로운 사건들"이다. 「수면의 물결」에서, 서로 다른 두 개의 수면의 물결은 이제 전혀 다른 현상을 만들어 낸다.

광활한 황야

　외딴, 집.
황야 속 그 작은 집,
　그 집 속의 황야.
둘 다 잊힌다.
　　　무성

　둘은 함께, 하나의 커다란 빈 집.

The vast wild
　　in the house, alone.
The little house in the wild,
　　the wild in the house.
Both forgotten.
　　　No Nature

Both together, one big empty house.[207]

　여기서 말하는 "외딴, 집", "황야 속 그 작은 집"은 현실에서는 스나이더의 킷킷디지일 것이다. 고원 지역에서만 자란다는 식물의 이름이기도 한 킷킷디지는 그야말로 황야 속에서는 쉽게 눈에 띄지도 않는 작은 존재일 뿐이다. 이 둘은 "황야 속 그 작은 집"이기도 하고 "집 속의 황야"가 되기도 한다. 하나가 되어 공생하는 이 존재들은 결국 그 구분이 무의미한 무성의 존재가 된다. 야생과 집의 구분이 의미가 없다. 자연은 문화 속으로, 문화는 자연 속으로 상호 침투하는 존재들이니 둘의 구분은 의미를 잃는다. 이제 인간중심의 시각으로 집과 야생을 이분하는 언어와 문법에 굴복하지 않겠다는 시인의 선언이 오히려 섬뜩할 정도이다.

자연 속의 야생지와 문명을 표상하는 집은 인간의 언어에 의해 구분될 뿐, 둘의 본성은 지워져 결국 하나가 된다. 분별심이 사라지면, 삼라만상은 각기 동등한 자격으로 자연의 일부가 된다. 자연과 문화의 계층적 구분이 해체된 시인의 관점으로 자연을 보면, 집이 야생지이고, 야생지가 집이다. 무성의 문법 안에서 드디어 자연과 인간은 조화를 이룬다. 스나이더는 자연과 인간, 자연과 문화의 이상적인 관계를 설정하기 위하여 거대한 원시림과 인간의 집, 즉 자연과 문화의 이분법적 가름의 언어를 해체하는 것이다.

이처럼 스나이더의 시에는 인간은 원래 자연의 일부이고, 그 속에서 살아 숨 쉬는 하나의 율동이며, 외적 환경으로서의 자연은 인간의 내적인 야성과 조화를 이룰 수 있다는 믿음이 담겨 있다. 「수면의 물결」에서 보듯이, 무성의 세계관으로 보면 인간도 자연이다. 스나이더를 흔히 자연의 내재적 가치의 존재를 굳게 믿는 심층생태론자로 분류한다. 그러나 스나이더 시학의 결정판이라고 볼 수 있는 「수면의 물결」에 표명된 무성의 생태학은 스나이더가 탄력적인 자연관을 통해 인간과 자연을 조화시키려는 생태적 실천을 하고 있는 하나의 예라고 볼 수 있다.

원래의 본성 자체가 무성인 자연을 인간중심적인 언어로 이름을 지어 자성의 옷을 입혔으니 시인은 우선 이를 벗겨내기 위하여 무성의 시학을 동원한다. 스나이더의 생태사상과 삶의 실천에서 '자성을 영원히 비워내야 하는가?', '과연 자성을 지우는 일이 가능한가?'라는 근원적인 물음으로 되돌아가야 한다. 스나이더는 이 문제와 관련해서 공공의 경지를 앞에서 이야기하고 경험에 의하여 재구성되는 자성과 자아의 가능성을 언급하였다. 시인은 인간 중심의 언어가 명명한 자연의 이름을 지우고 그 자리에 자신의 실천적 경험으로 지은 이름을 써야 할 터이다.

스나이더가 바라보는 실천 너머의 이상향은 '터틀 아일랜드'를 넘어서는 침묵의 언어로 보아야 한다. 독자는 스나이더의 시를 경험하고 그의 생태적 삶의 실천을 관찰하고 또 가능하다면 생태적 거주와 실천에 참여하면서 적어도 인간중심주의적인 자연의 이름을 스스로 지워 가야 한다. 스나이더는 이 과정을 산책, 명상, 선 수행, 등산을 반복하면서 킷킷디지의 삶을 통해 보여 주고 있다. 생태적 회복과 조화를 열망하는 스나이더의 행보는 이미 1950년대에 시작하여 그가 킷킷디지로 들어간 1970년대 초를 거쳐 오늘에 이르기까지 70여 년 동안 지속되고 있다.

시에라 마러혼을
다시
31년 후에
오르면서*

---

* 시의 제목 부분임. 스나이더는 이 시의 제목을 4줄로, 실제 시는 1연으로 이루어진 3행으로 쓰면서 특이한 구조를 보여 주고 있다.

자연이 표정을 바꿀 때

다시 이어지는 산맥들
한 해 또 한 해 또 한 해 갈수록.
나는 여전히 이곳을 사랑한다.
　　　4 X 40086, 정상에서

On Climbing The Sierra
Matterhorn Again
After Thirty-one
Years

Range after range of mountains
Year after year after year.
I am still in love.
　　　4 X 40086, On the summit [208]

　이 시의 제목은 시의 본문처럼 보이는 "시에라 / 마터혼을 다시 /
31년 후에 / 오르면서(On Climbing The Sierra / Matterhorn Again /
After Thirty-one / Years)"이다. 스나이더가 이 시의 제목을 이렇게 정
한 이유는, 자연과 비자연의 구분과 경계를 지워내고 시의 언어에
포함된 일반적인 관습을 깨뜨리고자 했기 때문이다. 이 시에서 시인
은 자아와 자연의 본성을 찾는 일을 오늘도 계속한다. 동서양을 불
문하고 인류의 언어와 문화를 상실한 채 진정한 자연의 본성을 찾는
일은 자아를 찾는 과정처럼 지난한 일이다. 산에게는 산의 진정한
이름을, 물에게는 물의 진정한 이름을 되찾아 주려는 노력의 일환으

로 산을 오르는 것이다. 스나이더는 인간과 자연의 진정한 위치를 찾으려는 실천적 의지를 자신의 삶을 통해 보여 주고 있다. 스나이더 는 인간 스스로 생태계 속에서 그 지위를 깨닫기를 바란다.

> 인간들이 스스로에 대해 알 때, 모든 자연 만물은 바로 제 위치 에 있게 된다.
> 이것이 부처가 말하는 달마의 한 부분이다.

> When humans know themselves, the rest of nature is right there.
> This is part of what the Buddhists call the Dharma.[209]

스나이더는 결코 인간의 본성을 거스를 것을 요구하지 않는다. 스 나이더는 오히려 인간이 인간의 진정한 본성을 알 때 비로소 자연도 제 본성을 회복한다고 조언한다. 위 인용문에서 '제 위치'란 인간 중 심의 언어에 의하여 폄하된 자연의 위상이 경험과 침묵의 언어에 의 하여 격상되어 인간의 지위와 대등해지는 위치를 의미한다.

생태적 거주라는 삶의 실천 모델이 이미 19세기 중엽에 소로우 의 『월든』에서 제시되었음은 생태비평계가 주지하는 바이다. 초월 주의의 사상가들 중에서도 실제적인 삶을 통한 소로우의 생태적 이상의 실천은 각별한 의미를 지닌다. 에머슨(Ralph W. Emerson, 1803~1882)이 선험적·관념적 자연을 추구하였다면, 소로우의 자연 관은 자신의 면밀한 자연 관찰과 실천적 삶의 경험을 통하여 형성

자연이 표정을 바꿀 때

된 것이다. 여기에서 소로우의 생태적 거주는 인식의 실천을 지나 현실에서의 '실천'이라는 측면에서 에머슨과 차이가 있다. 에머슨의 『자연(Nature)』에 나타나는 자연의 추상성과 『월든』에 기록된 실증적·경험론적 자연관 사이에는 확연한 차이가 있다. 에머슨이 자연을 지나치게 낭만화한다면, 소로우는 자연의 양면성을 잘 들여다보고 있다. 에머슨에게 자연은 인간에게 수혜자의 미소만을 짓고 있지만, 소로우가 보는 자연의 얼굴은 제퍼스가 인간에게 요구했던 바대로 무심하다. 소로우는 자연을 낭만화하지 않고 자연의 본성을 직시한다.

소로우는 『월든』에서 자연의 본질을 객관적으로 들여다보았다. 소로우는 호숫가에 직접 집을 짓고, 그곳에 실제로 거주하면서 경험하고 관찰한 자연을 『월든』에 구체적으로 기록하였다. 제퍼스는 토르 하우스에서 거주하면서 소로우처럼 자연에 대한 구체적 기록을 작품으로 제시하였다. 스나이더는 소로우와는 달리 문명을 등지고 생태적 실천의 실제적인 예를 제시하였기에 그의 작품에서 문명과 자연에 대해 보다 더 유연한 태도를 지닐 수 있었다. 바로 이 점이 19세기의 소로우, 20세기의 제퍼스, 21세기의 스나이더를 함께 실천적인 생태 사상가의 범주에 넣을 수 있는 근거이다. 이들 세 사람이 산 시대의 간극이 무려 160여 년이 넘지만, 생태 시인이자 선각자로서 외치는 자연과 인간의 공존, 이를 위한 생태적 삶의 필요성은 매우 닮아 있다.

그렇다면 미국 문학사에서 작가들이 생태적 삶을 실천한 현장은 북동부 보스턴의 월든 호숫가의 통나무집에서 시작해 서부의 제퍼스의 카멜 돌집을 거쳐 스나이더의 킷킷디지로 이어진 셈이다. 셔먼(Paul Sherman)은, "아마도 소로우 이후 스나이더처럼 야성의 실천을 철저하게 옹호하고 행하는 이는 없다고 할 수 있다"[210]라고 주장한 바 있다. 그런데 셔먼의 이러한 주장에는 제퍼스가 추가되어야 할 것이다. 소로우가 월든에서 살았던 삶의 실험 기간이 2년 남짓에 불과하다는 점을 상기하면, 생태적 삶을 실천하려는 제퍼스와 스나이더의 진정성을 높이 평가할 수 있다.

스나이더가 킷킷디지를 통해 실현하는 생태적 거주는 비단 환경 문제만을 의식한 행보가 아니다. 그의 킷킷디지 거주는 다차원의 저항을 함의한다. 앞에서 이미 살펴본 셸리와 제퍼스의 실천이라는 저항의식이 스나이더에게서도 발견된다. 이것은, 즉 스나이더의 저항의 시학과 삶의 실천을 통해 환경 문제를 포함한 다양한 층위의 정치적·사회적 갈등에 관여함을 의미한다. 시 「집짓기(Building)」에서 스나이더는 선불교 수행자와 생태 시인뿐만 아니라 사회정치적 비판자의 면모를 분명하게 지니고 있다는 점을 드러낸다. 생태계 파괴의 문제는 사실 다른 정치적·사회적·문화적 문제와 맞물려 있기 때문이다.

> 우리는 집을 짓기 시작했다. 문화혁명을 지나는 중도에
> 월남 전쟁, 캄보디아가 뉴스를 장악하고 버클리에서는 최루탄이
> 러질 때
>
> 겁먹은 눈, 헝클어진 긴 머리에 덧바지를 입은 젊은이들은 경찰
> 을 피해 도망 다녔다.

자연이 표정을 바꿀 때

계속 되네: 우리의 건물들은 견고하네, 살기에, 가르치기에, 수행
하기에,
수행하기에, 이 종소리를 확신하기 위해서-

이것이 역사이다. 이것이 역사 밖이다.
건물들은 순식간에 지어진다.
모든 사물을 재생하는 샘 속에서
그들은 지속적으로 젖는다.
꾸밈없이 빛나네.

We started our house midway through the Cultural Revolu-
tion,
The Vietnam war, Cambodia, in our ears, tear gas in Berke-
ley,
Boys in overalls with frightened eyes, long matted hair, ran
from the police.

Goes on: our buildings are solid, to live, to teach, to sit,
To sit, to know for sure the sound of a bell-

This is history. This is outside of history.
Buildings are built in the moment,
they are constantly wet from the pool
    that renews all things
    naked and gleaming.[211]

이 시의 화자는 언뜻 사회적·정치적 갈등, 예컨대 "월남 전쟁", "문화혁명", "캄보디아 사태" 혹은 1960년대의 학생운동 등에는 관심이 없고 오직 집짓기에 전념하는 듯 보인다. 그러나 그의 집짓기 역시 "역사 밖에" 있으면서 동시에 하나의 "역사"이다. 스나이더의 시학 역시 역사의 밖에 있으면서 동시에 역사를 구성한다. 건물이 지어지듯이, 사회적인 갈등과 투쟁을 통하여 그 순기능적·역기능적 결과가 구축될 수 있다. 누구도 사회적·정치적 상황으로부터 초연하게 존재할 수는 없다. 그러나 건물은 견고할 수 있다. 그 건물 안에서 살고, 가르치고, 명상하고, 선을 수행하는 활동은 평화와 안정을 불러온다. 그러한 평화와 안정은 다시 생태적 평화와 안정을 상기시킨다. 화자는 집을 짓는 역사를 경험하면서 "꽃과 친구들로 그 안을 채우고 문을 연다(We fill it with flowers and friends and open it up)"라고 언급한다. 212) 그의 관심과 애정은 인간, 비인간 자연 모두를 향한다.

스나이더의 눈은 늘 세상을 향해 있다. 스나이더는 한때 민중에 대한 연민으로 가득 찬 사회주의자이자 1990년 열린 '지구의 날'과 같은 환경 문제에 대한 투쟁에 참여하고 강연 등으로 참석하는213) 환경 운동가였다. 한편, 스나이더는 기본적으로 인본주의자이다. 그러나 그의 인본주의는 여느 인본주의와는 그 폭이 다르다. 그의 인본주의적 사랑은 인간과 함께 비인간 자연을 향하기 때문이다. 그의 인본주의는 인간중심주의에 대한 의식의 전환을 요구하는 것이지 인본주의 자체를 부정하는 것은 아니다.

자연이 표정을 바꿀 때

스나이더의 사랑은 인간과 비인간 자연 모두를 향해 열려 있기에 제퍼스와 마찬가지로 스나이더 또한 비인본주의자이다. 스나이더는 마치 앞 시의 화자처럼 지금 킷킷디지에서 꽃과 친구들, 무생명과 생명들을 모두 자신의 집 안에 들여놓으면서 기쁨을 맛보고 있다. 킷킷디지에서 집 안의 사람들과 집 밖의 세계 사이에 있는 문은 열려 있다. 스나이더는 열려 있는 문으로 들어오는 야생 가족을 맞이한다. 「수면의 물결」, 「모두를 위하여」에서 보여 준 자신의 생태적 인식이 현실의 삶에서도 그대로 이어지는 것이다.

이와 같은 삶의 모습이야말로 인간과 비인간 자연이 동등한 지위에서 주고받는 소통과 상호작용이며, 불교의 연기론적 사유이다. 스나이더의 이러한 삶의 실천 방식에 대해 강용기는 그가 "지속 가능한 개인의 변화와 문화의 변용을 향한 끊임없는 대화의 장을 향해 열려 있다"라고 평가한다.

> 스나이더는 야생의 보존을 위한 인간의 인위적인 관리의 필요성을 부정하지 않는다. 그의 자연관은 스스로 자기해체의 서사를 허용하기 때문에, 그의 환경담론은 궁극적으로 자연과 인간, 원시주의와 과학/기술 사이에서 대화적인 입장을 견지하면서 생태적으로 지속 가능한 개인의 변화와 문화의 변용을 향한 끊임없는 대화의 장을 향해 열려 있다.[214]

스나이더는 『터틀 아일랜드』에 수록한 「야성(*The Wilderness*)」이라는 글을 통해 비인본주의자로서 자신의 속내를 내비친다.

> 불행히도, 모든 것을 대변할 수 있는 사람은 없다. 그래서 나는
> 인간이 아닌 존재까지 포함하는 새로운 인본주의와 새로운 민주
> 주의의 개념에 대해 생각하고 싶다. (…) 이것이 우리들이 의미하
> 는 생태적 양심이라고 내가 생각하는 것이다.

> Unfortunately, there isn't a senator for all that. And I would
> like to think of a new definition of humanism and a new def-
> inition of democracy that would include the nonhuman. (…)
> This is what I think we mean by an ecological conscience." [215]

스나이더가 이미 40년 전에 말한 새로운 인본주의와 새로운 민
주주의의 개념은 인간과 자연과의 관계를 다시 보려는 의도에서
제안되었다. 스나이더는 다양한 강연회에 참여하거나, 기고하거나,
활발한 저술 활동을 통하여 심층생태 운동, 환경 운동 및 반핵 운
동에 적극적으로 참여하는 실천가이다. 이처럼 스나이더가 저술
활동과 사회 참여를 할 수 있도록 하는 힘은 무엇보다도 비인간
자연에 대한 시인의 연민이다. 그래서 시인은 말이 없는 존재들의
대변인을 자처하는 것이다. 그는 기꺼이 산과 물과 사향쥐와 코요
테의 대변인이 되기를 원한다. 그는 진정한 인본주의와 민주주의
사회, 즉 인간과 인간 이외의 존재들이 모두 동등한 생존권을 향유
하는 생태 공동체를 지향한다.

자연이 표정을 바꿀 때

스나이더의 비인본주의는 결국 땅에 대한 경외심의 표출이다. 스나이더는 북미 토착민들이 대지에 대하여 느끼는 경외심과 존중을 그대로 수용한다. 토착민들에게 땅은 자신들의 몸과 정신을 살찌우는 곳이다. 따라서 그들은 대지를 생산 수단으로 보지 않고 오히려 그 존재 자체를 목적으로 간주한다. 스나이더는 '생태적 생존'을 위한 안내자이자 대변인이다. 구체적으로 말하자면, 장기적인 안목에서 생태적 생존이 궁극적으로 인간의 생존과 직결된다는 점에서 스나이더는 비인간 자연의 대변인이자 미래의 인간들을 위한 안내자인 것이다.

자연을 향해 열린 스나이더의 인식과 자연의 대변인으로서 시인의 역할은 중요하지만, 시인이 자연의 입장을 대변하려면 시인 자신의 입장은 한 발짝 뒤로 물러나야 할 것이다. 자연을 관찰하고 자연이 주는 메시지를 전달하려는 시적 화자는 자신의 주체성을 해체할 필요가 있을 것이기 때문이다. 그러나 스나이더는 오히려 자연을 관찰하고 대변하는 화자의 주체성을 강조한다. 「사우어도 우산 전망대에 남겨둔 시(*Poem Left in Sourdough Mountain Look-out*)」는 바로 자연의 대변인으로서의 시적 화자의 주체성을 분명하게 천명하는 시이다.

> 나, 시인 개리 스나이더는
> 53년에 6주를 이곳에 머물며
> (…)
> 산맥들이 움직여

바다 밑에서부터 차오르며
바람과 물이 부서지는 것을 보았다

I the poet Gary Snyder
Stayed six weeks in fifty-three
   (…)
Saw these mountains shift about
& end up on the ocean floor
Saw the wind and waters break[216]

 산들이 움직이고 바다 밑바닥에서 차오르는 것을 보았다고 증언하는 화자의 주체성이 약하다면 독자는 산이 움직이며 살아 있는 존재라는 화자의 메시지를 신뢰하기가 쉽지 않다. 그런데 이 시의 화자는 시인 스나이더와 인간 스나이더가 통합된 주체다. '산이 움직이는 현장을 나와 시인과 스나이더가 함께 보았다'라는 구절이 그 증거이다. 이것은 인간중심주의적 사고에 갇힌 인간들에게 산이 죽어 있는 무기체가 아니라 살아 있는 생명체임을 분명하게 인식하라는 외침이다. 이 시에서 '보았다'라는 과거형 동사가 반복적으로 사용되고 있다는 점 역시 자연의 대변인으로서의 시인의 신뢰성을 강화하려는 시적 전략이다.

 라바찌(Tom Lavazzi)는 스나이더가 시를 우리의 의식을 확장해 생명의 원천인 자연의 흐름과 연결하여 혁명적 전환을 가능하게 하는 매체로 생각하고 있다고 보았다.[217] 스나이더에게 시는 새로운 생명 공동체의 신화를 가능하게 하는 효과적인 수단이다. 그러한 신화를 가능하게 하는 전제 조건은 인간과 인간 문화의 변화이다. 시 「쇄석」의 마지막 구절 "모두 변한다, 생각 속에서, / 사물이 그런 것처럼"[218]에서 그는 인간의 역사와 문화는 머물러 있거나 굳어지는 것이 아니라 흐르고 지워지고 다시 쓰이는 변화가 필연이라는 점을 다시 한 번 강조한다.

「수면의 물결」에서 강조한 무성은 인간성과 문화에도 적용된다. 문화도 역사성도 무성임을 인식할 때, 그 빈자리에 비로소 개인적·집단적 경험의 소산인 생태적 인식과 실천이 비집고 들어갈 수 있다. 그리고 그러한 변화를 촉진할 수 있는 역할을 할 수 있는 중간자이자 대변자는 시인이다. 「시는 어떻게 나에게로 오는가(How Poetry Comes to Me)」, 「시인론」, 「또 하나의 실수(Goofing Again)」 등에서 스나이더가 지속적으로 자신을 시인이라고 강조하는 이유가 여기에 있다. 또한 문명이 자행하는 인간성의 파괴로부터 의식의 깨어남을 전파할 대변자로서 시인의 역할은 이미 낭만주의의 혁명 시인인 셸리의 등장 이후 더 확장되었다.

생태적 공존이 실현될 터틀 아일랜드에 대한 시인의 믿음은 확고하다. 현재와 미래의 우리가 공존의 인식을 함께 실천한다면 터틀 아일랜드의 미래는 밝다. 스나이더는 셸리만큼 뜨거운 인본주의적 저항성을 드러내지는 않지만 제퍼스보다는 따뜻한 인본주의자이다.

다음 세기

혹은 그다음 세기에 그들은

계곡이, 목장이 있다고 말한다.

우리가 이루어 낸다면

우리는 평화로이

거기서 만날 수 있을 것이다.

      (…)

함께 머물고

꽃을 배우고 마음 가볍게 가라.

In the next century

or the one beyond that

they say,

are valleys, pastures,

we can meet there in peace

if we make it.

      (…)

Stay together

learn the flowers go light [219)]

    여기서 말하는 "다음 세기"와 "그다음 세기"는 당시로서는 21세기와 그 이후를 지칭하려 했을 것이다. 「아이들을 위하여(*For the Children*)」는 미래의 인간에 대한 희망의 끈을 아직 놓지 않았다는 스나이더의 희망을 표출하고 있다. 여기서 주목할 것은 "우리가 이루어 낸다면"이라는 전제 조건이다. 현대 사회의 병폐를 짚어 왔던 스나이더에게 이 조건은 '우리가 터틀 아일랜드를 이루어 낸다면' 혹은 '우리가 킷킷디지에 살 수 있다면'과 같은 구체적인 표현으로 치환될 수 있을 것이다.

스나이더는 「도끼 자루(*Axe Handles*)」에서 아들에게 도끼 자루를 만드는 법을 보여 주며 도끼 자루를 만들 때에는 기존의 도끼가 필요하다는 사실을 알려 준다.

그리고 나는 안다, 파운드가 도끼였고,
젠이 도끼였으며, 내가 도끼라는 것을
그리고 내 아들은 자루, 머지않아
다시 모양이 만들어져, 본보기가 될 것이고
그리고 도구가 되리, 이것이 문화의 기술이자,
우리가 이어지는 법.

And I see: Pound was an axe,
Gen was an axe, I am an axe
And my son a handle, soon
To be shaping again, model
And tool, craft of culture,
How we go on.[220]

이 시는 과거의 도끼와 현재의 도끼 자루가 결합한 문화의 기술이 미래의 새로운 "모양"을 낳는다는 것을 강조하고 있다. 도끼를 통해 아버지로부터 전수된 문화는 아들 세대에 더 강력한 힘으로 작용할 것이다. 스나이더는 건강한 "인간 공동체"는 "죽어버린 옛 것들에 뿌리 내리고 거주하는 고대의 숲처럼" 모든 세대가 "함께 성장하고 죽어가는"[221] 공동체라고 주장한다. 삶, 죽음 및 세대를 아우르는 조화는 스나이더가 터틀 아일랜드를 구성하는 절대적인 원동력인 것이다. 결과적으로 「도끼 자루」, 「아이들을 위하여」에서 도 드러나듯이, 스나이더의 공동체는 지배나 소유가 아닌 공존의 관계를 유지하면서 모두가 서로에게 영향을 미치는 공간이다.

스나이더는 킷킷디지를 통해 현실 세계의 이상향을 실현했다. 스나이더의 생태적 인식의 실천은 그의 실제적인 삶과 함께 생태적 인식과 실천의 필요성을 널리 전파하는 시인의 끈질긴 노력과 의지 자체로 의미가 있다. 「도끼 자루」, 「아이들을 위하여」에서 보듯이, 스나이더의 공동체는 인간이 지배하거나 소유하지 않는 생태적 민주주의를 지향한다. 생태적 민주주의는 인간과 자연이 공존하는 관계를 유지하면서 동시에 건강한 생태적 먹이사슬 관계를 허용하는 사회이다. 그것은 생태계의 먹이사슬이 유지되고 자연의 순환 원리처럼 공동체의 질서가 유지되는, 야성이 살아 숨 쉬는 이상향이다. 시인은 인간의 인식 전환과 실천이 뒤따르면 그러한 이상향이 실현될 수 있음을 확신한다.

스나이더는 우리가 생태적 인식을 "지식 영역으로 가져와 실천하지는 못하고 있는 것 같다"[222]라고 언급하기도 한다. 그렇지만 40여 년 이상 발효된 스나이더의 생태적 인식과 생태적 삶의 방식은

자연이 표정을 바꿀 때

2010년 존 힐리(John Healy) 감독의 다큐멘터리 영화 〈야성의 실천 (*The Practice of the Wild*)〉으로 만들어져 샌프란시스코 국제 영화제에서 상영되었다. 스나이더의 생태적 인식과 실천의 영향력은 시, 영화 등 다양한 통로를 통하여 확장되고 있다. 자연에 대한 공감 의식을 촉발하는 스나이더의 무성의 시학은 킷킷디지에서의 생태적 거주를 통해 검증받았는데, 이 의지와 노력은 궁극적으로 인간과 자연 모두를 향한 사랑의 표현이다.

PART

5

결론

: 세 시인의 문학에서 발견한
회복의 가능성

생태비평의 한 갈래인 심층생태주의는
'통각'과 '생명중심적 평등'이라는 두 가지의 실천적인 규범을 추구
한다. 생태계의 평등은 인간중심주의에서 탈피하여, 인간이 자연
과 더불어 우주를 이루고 있음을 자각한 경우에 실현 가능하다.
개개인의 통각의 단계는 그 이상향인 생명 평등 단계에 우선하고,
인식 변화의 단계는 현실적 실천의 재현에 선행한다. 이와 같은 상
황에서 최근에 와서는 심층생태주의의 시작을 낭만주의에서 찾으
려는 시도들이 이루어지고 있다.

  신플라톤주의자, 혁명적인 낭만주의자, 사회개선론자로 알려진
셸리는『해방된 프로메테우스』,『맵 여왕』,「얼래스터」등에서 방황
하는 자아를 통해 자신의 이상향을 그려 냈다. 셸리의 상상력은
낭만주의 시대의 이상주의를 담고 있고, 자아의 깨달음, 자연에 대
한 우주적 관점을 시에 지속적으로 드러낸다. 이러한 점에서 셸리
의 상상력은 생태적 상상력으로 평가될 수 있다. 셸리의 상상력은
결과적으로 심층생태주의가 추구하는 인간과 자연의 공존이라는
생태적 이상향에 부합하기 때문이다. '공존의 에피사이클'은 셸리가
인문학적 사유와 과학적 원리를 시에 적용했다는 점에서 그의 생

태적 상상력을 일컫는 용어로 제안한 것이다.

　셸리의 혁명적 낭만주의는 저항 의식이 담긴 글쓰기로 드러난다. 셸리의 저항 의식은 그가 글쓰기라는 실천 방식을 택함으로써 비폭력, 불복종 운동으로 전 세계에 전달되었다. 셸리는 신화를 차용한 서사시를 통해 자연의 위대함, 통각의 과정을 겪는 시인의 모습을 담아냈다. 또한 셸리는 프랑스 전쟁의 후유증과 피털루 학살 사건 등 정치적·사회적 사건을 계기로 세상을 바꿀 수 있다는 인식을 글쓰기에 드러냈다. 영국을 떠나 아일랜드, 이탈리아 등지에서 수년간을 보낸 셸리는 세상을 바꿀 수 있다는 인식과 그 과정에 자신이 영향력을 발휘할 수 있다는 책무 정신을 지니고 지속적인 글쓰기를 통해 저항 의식을 드러낸다. 따라서 이 책은 셸리의 생태적 인식을 파악하기 위해 그가 신화와 플라톤, 과학과 우주론의 통합적 사고를 지향했다는 점에 주목했으며, 그 실천 양상은 저항의 글쓰기 자체에 담겨 있다고 보았다.

　셸리는 저항 의식을 실천하는 방식의 일환으로 글쓰기를 선택하였고, 이러한 글쓰기를 통해 셸리의 비폭력, 불복종 운동이 전 세계로 확대된 계기가 되었다. 셸리는 예이츠와 소로우의 불복종 운동에도 영향을 주었고 그 영향이 이후 톨스토이와 간디의 불복종으로 이어진 바 있다.

　셸리는 플라톤주의자인데, 그의 혁명적 낭만주의는 진리의 존재를 탐구한 데에서 출발한다. 하지만 셸리의 혁명적 낭만주의는 낭만적 모호함과 추상성을 동반하기도 한다. 셸리는 신 자체에 대한 신앙이 아니라 우주적 원리로서 진리의 존재를 믿고 현실의 개선을 우선시했다는 점에서 인간과 자연의 관계를 에피사이클의 관점으로 직시하고 있었다. 그리고 그 안에는 근본적으로 인간애인 인본주의가 자리하고 있다고 본다. 셸리는 낭만적 인본주의자로서 시인의 중요성을 누구보다 강조하였는데, 그가 사회 개선론, 피털루 혁명, 아일랜드의 국민을 위한 기록과 행적 및 문학 작품을 통해 드러낸 사회 변화의 개혁 의지와 실천의 결과는 현재까지도 영향을 미치고 있다.

심층생태주의자들이 생태 시인으로 주목한 제퍼스는 1900년대 초부터 이미 생태적 평등에 대한 의식적 노력을 시에 드러냈다. 제퍼스 시의 주제들은 "신", "인간", "자연", "우주"라는 네 가지의 핵심어로 요약된다. 제퍼스는 신의 존재에 대한 끝없는 탐구로 이상 세계를 꿈꾸었다는 점에서 낭만주의적 사고를 지녔으며, 신과 인간, 인간과 자연, 자연과 우주의 관계를 상호 통합적으로 이해하는 생태 시인으로서의 인식을 보여 준다.

그러나 제퍼스는 인간이 자신의 악함을 깨달아야 한다는 생각을 직설적인 방식으로 표현하여 반기독교적인 사고를 지닌 혁명적인 시인으로 오해받기도 한다. 신의 존재에 대한 탐구, 자아의 깨달음, 자연과 인간의 관계에 대한 관계 재정립 등 작품의 소재들은 여기서 확장되어 자연과 우주에 대한 새로운 관점을 주창하는 무심의 생태학과 '비중심화'로 나아간다.

특히 제퍼스는 카멜에서 돌로 만든 집 '토르 하우스'에 거주하면

자연이 표정을 바꿀 때

서 명상을 실천하는 삶을 통하여 자신의 생태적 인식의 사유를 확립시켰다. 제퍼스는 가족에 대한 사랑, 자연에 대한 관심, 인류의 미래에 대한 우려를 지속적으로 시에 담아냈기에 그의 저항적·혁명적·직설적인 스타일은 대중의 일반적인 의식을 전환시키기 위한 발상의 도구로 평가해야 한다. 제퍼스는 인간에게 무관심한 시인으로 알려졌지만, 오히려 실천하는 명상가의 면목을 보여 주며 공동체의 진정한 미래를 위해 인간중심주의에서 벗어나야 한다고 보았다. 그래서 그의 '비중심화'의 관점은 비인본주의의 핵심 사상으로 일컬어진다. 많은 시에서 보이는 제퍼스의 사고는 가장 원시적 존재인 자연에서 모든 사유가 시작된다는 확대된 인본주의에 기반하고 있다.

앞선 세대인 셸리가 보여 준 공존의 에피사이클은 제퍼스의 생태적 사유에서는 유기적 전체의 지향으로 드러난다. 제퍼스의 비인본주의는 따뜻한 인본주의를 실천하기 위한 의식 전환의 전단계이며, '비중심화'라는 통각의 과정을 거쳐야 하는 차가운 인본주의이다.

스나이더는 현존하는 시인이며 심층생태 사상가로 인정받고 있다. 스나이더는 1950년대부터 시를 발표하면서 무분별한 개발과 문명을 비판해 왔으며, 그 자신이 산림보호원 직원과 벌목 노동자로 일하면서 체득한 자연 보호 의식을 대중에 확산시켜 왔다. 스나이더는 자연을 면밀하게 관찰하고 표현한 자연 시인이다. 동물에 대한 동감 의식을 보여 주는 스나이더의 시들은 시인이 자연의 일부인 인간으로서 느끼는 입장을 드러내고 있다.

스나이더는 고대의 신화로부터 이어져 온 인류, 자연의 문화적 힘을 강조한다. 특히 스나이더는 자연과 인간이 공동체의 일원으로 존재할 수 있다는 자신의 낭만적 이상향을 터틀 아일랜드로 표현했고, 시대를 막론하고 시인의 이상향에만 존재하는 이상향을 킷킷디지라는 자신의 집을 통해 실천했다. 이를 두고 심층생태주의자들은 스나이더가 생태적 거주를 실천했음을 인정한다.

스나이더는 자연과 인간의 관계를 자연 안의 인간, 그리고 더 확장된 의미에서 "우주 속의 한 점"으로 바라보는 측면에서 생태 인식의 관점을 제시했다. 나아가 스나이더는 자신의 생애의 절반 이상을 야생 지대에서 살면서 작품 활동을 하고 있다는 측면에서 그 삶 자체도 생태적 실천으로 인정받고 있다. 스나이더는 신화에서부터 시작된 역사와 문화를 거부하기보다 그 바탕 위에 상상력과 창조력을 활용한 새로운 이상향을 건설했고, 이상향의 가능성을 꿈꾼 낭만주의 시인, 자연 관찰자, 현대인으로서의 삶이라는 실용주의적인 측면을 동시에 수용하고 있다.

21세기의 생태적 회복을 위해 스나이더는 인간이 축적해 온 신화, 언어, 역사의 지식과 지혜를 교훈으로 삼는 인본주의의 바탕 위에 자연과 인간이 공동체의 일원이 되어 살아야 한다는 조화와 상생의 현실적인 대안을 제시한다. 이러한 점에서 스나이더는 인간과 자연을 모두 포함하는 의미의 비인본주의를 표방한다. 스나이더는 낭만주의를 공유하면서도 비인본주의자로서 인본주의 전체를 아우르는 삶의 방식을 보여 준 것이다. 시인으로서 자신의 책무를 다하는 스나이더의 삶 자체는 인식과 실천의 양면에서 사회 참여를 통한 사회적 혁명의 예시가 된다.

이 책을 통해 지금까지 셸리, 제퍼스, 스나이더의 생태적 인식과 실천의 방식을 살펴보았다. 생태비평의 관점에서 셸리, 제퍼스, 스나이더가 지니는 의미는 그들의 생태적 인식이 각각의 방식으로 실천과 연결되며, 그 실천은 서로 긴밀한 연관성을 지니고 있다는 점이다.

먼저, 셸리는 혁명적 낭만주의자의 저항의 글쓰기와 사회 참여를 독려하는 방식으로 자신의 상상력과 시인의 책무를 실천한다. 이로써 시인은 영국, 유럽 전역, 북미 대륙, 아시아의 역사, 문화, 정치에 영향을 주었다. 특히 소로우, 예이츠, 톨스토이, 간디, 제퍼스 등이 문학을 통한 사회적 변화의 가능성을 꿈꾸게 했으며, 의식의 전환을 통해 비폭력 불복종 운동이 가능하다는 인식의 전환과 실천의 가능성을 심어 주었다. 생태비평계에서 셸리의 인식과 실천의 가능성을 생태학 이외의 관점에서 읽어 내려는 시도는 현재 활발하지 않다.

20세기에 활동한 제퍼스는 셸리가 시도한 극시의 형태와 이상주의적 사고를 시에 표현한다. 동시에 제퍼스는 생태적 실천의 표본인 소로우의 실험 정신을 그보다 한 차원 높은 실제 거주로 확대했고, 50년 후에 스나이더의 현실적인 실천의 모델이 되었다. 그 때문에 제퍼스와 스나이더의 생태적 거주는 생태 인식의 측면과 실천적 측면에서 모두 긍정적으로 평가할 수 있다. 제퍼스가 인간에 대한 비중심화를 주장하는 무심의 생태학을 핵심 사상으로 보여 주는데, 제퍼스의 무심의 생태학은 심층생태적 사유를 일으키는 초석이 된 점은 분명하다.

셸리는 19세기에 자신의 전 생애와 작품을 통해 낭만주의와 사회개선론을 피력했고 자연과 우주의 질서를 하나의 공동체로 보았으며 제퍼스와 그 이후 세대의 생태 인식과 실천에 영향을 미쳤다. 제퍼스는 셸리가 신화를 통해 구현하려 했던 이상주의의 한계인 낭만성을 현실에서 실현하고, 생태적인 사유와 삶을 동시에 구현하는 일이 가능하다는 점을 직접 보여 준다. 제퍼스는 생태적 거주를 실천한 토르 하우스에서 생을 마감했지만, 그의 삶의 실천은 곧 스나이더가 생태적 거주를 실천에 옮김으로써 다음 세대로 전수된 셈이다.

이들 중 가장 이상적인 생태적 거주의 방식은 스나이더에게서 발견할 수 있다. 스나이더는 공동체의 이름까지도 터틀 아일랜드와 킷킷디지로 명명했고, 셸리와 제퍼스의 낭만성의 한계와 공동체 간의 경계를 넘어서는 실천적 삶을 살았으며, 다분히 불교적인 연기론과 공 사상(空 思想)의 열린 문을 제시했다. 스나이더의 생태적 거주와 생태주의 사상은 아직까지 생태 비평에 부족한 인문학적 실천의 한계를 보정하는 역할을 한다.

셸리가 시인의 이상주의를 『시의 옹호』에서 보여 준 이후, 셸리의 인본주의가 지닌 높은 이상주의를 제퍼스는 카멜이라는 바다와 가까운 가장 낮은 땅으로 현실화했다. 이 과정에서 대중에게서 인정받지 못한 제퍼스의 비인본주의를 스나이더는 킷킷디지라는 삼천 미터 높은 구릉 지역으로 다시 끌어올리는 비인본주의로 진화시켰다. 이러한 일련의 과정을 뒤집어 보면, 현대의 심층생태주의자들이 실현하려는 자연과 인간의 이상적인 관계, '내재적 가치'의 문제에는 19세기의 셸리가 자신의 작품 전체와 삶을 통해 구현하기 위해 노력한 에피사이클의 정신이 나타나 있음을 알 수 있다.

신화, 언어, 역사 및 문화의 중요성을 강조하는 스나이더의 심층생태적 사유는 그가 영향을 받은 동양 사상까지도 수렴하는 비경계의 이상향인 무성의 단계로 나아가고 있다. '있고도 없음'의 불교적 관점의 무성은 셸리 사유의 핵심인 에피사이클의 틀과 유사하다. 이 과정에서 다시 셸리의 역할과 영향력을 재고할 수 있다. 이들 세 시인이 보여 준 문화적·시간적·공간적 경계를 넘는 통합된 영향력을 현실에서의 실천으로 유도할 수 있다면 이는 이상적인 공동체의 실례가 될 것이다.

이 책은 생태비평의 방법론으로 셸리, 제퍼스, 스나이더를 고찰하였다. 이 세 생태 문학가를 비교하여 얻은 결과는 다음과 같이 정리할 수 있다.

첫째, 세 생태 문학가는 공통적으로 시인은 비록 "인정받지 못하는 입법자"의 존재일지라도 인류 전체에 영향력을 미치는 존재로서 시인의 책무를 이행해야 한다고 믿고 있다.

둘째, 세 생태 문학가는 생태적 사상가로서 자연과 인간을 아우르는 공동체 의식에 기반을 둔 이상향을 지향한다.

셋째, 세 생태 문학가가 지향하는 이상향은 낭만주의적 사고를 수반한다.

넷째, 세 생태 문학가는 인간과 자연에 대한 동감 의식, 즉 인본주의에 기초한다.

다섯째, 세 생태 문학가는 당대로서는 다소 혁명적인 시풍과 직접적인 시어를 사용해 활동 초기에는 급진적이라는 비판을 받았다.

여섯째, 세 생태 문학가는 의식의 깨어남, 즉 통각의 필요성을 유도했다.

일곱째, 세 생태 문학가는 각자의 삶과 작품들을 통해 사회 개선을 촉구하고 문명을 비판하는 혜안을 가졌다.

여덟째, 세 생태 문학가는 시간과 공간의 간극에도 불구하고 "존재하면서 존재하지 않는" 상호 영향력을 발휘하고 있다.

결과적으로 이들의 영향력은 생태적 이상향을 꿈꾸는 모든 작가들이나 개인들에게 하나의 범례로서 지속적인 영향력을 미칠 것이다.

그러나 이 여덟 가지 공통점은 이 책의 한계로 지적될 수도 있다. 세 생태 문학가가 모두 비현실적인 낭만성을 공유한 다작의 작가이므로, 인식과 실천이라는 범위에 한정하여 일부의 작품들만을 다룰 수밖에 없는 점은 한계로 작용한다. 그리고 셸리와 제퍼스가 신화에

자연이 표정을 바꿀 때

심취했던 점이 지금까지도 작품 해석과 비평에 어려움을 준다.

이러한 한계에도 불구하고 낭만주의의 심층생태주의적 특성과 현대의 심층생태주의의 낭만성에 대해 논의하고 고찰한 이 책은, 그간 혁명적 인식의 전환을 유도했던 급진적 성향의 세 생태 문학가에 대해 시대적·문화적 상황을 고려하여 평가함으로써, 기존 논의를 보다 현대적으로 발전시켰다. 시대적·문화적 상황 너머의 영향력과 공통점을 탐구하여 재평가한 이 책은 세 시인들에 대한 객관적인 평가의 가능성을 확인하는 부수적인 성과도 있다.

1910년 창립된 미국의 시 협회(The Poetry Society of America)는 미국에서 저명한 학술 모임이다. 이 협회는 1930년부터 셸리의 문학사적 공헌을 기리기 위해 셸리 기념상(Shelley Memorial Award)을 제정했는데 노벨상(The Nobel Prize)과 마찬가지로 매해 현존하는 미국의 위대한 작가에게 수여한다. 이 셸리 기념상을 제퍼스가 1961년, 스나이더가 1986년에 각각 수상하였다. 스나이더는《제퍼스 연구》의 편집위원 및 고문으로 활동하였다.

세 생태 문학가의 영향력은 지속적인 힘을 발휘하고 있다. 따라서 세 생태 문학가가 지향하는 생태적 인식과 실천이라는 측면은 더 강조되어야 한다. 그들이 꿈꾸는 바는 자신들의 노력과 실천이 인류의 삶 속에서 현실화되는 것이었기 때문이다.

이러한 사실과 이 연구의 결과를 보면 '왜 셸리인가?', '왜 제퍼스인가?', '왜 스나이더인가?'와 같은 질문에 대한 반대 질문을 기대할 만하다. 이들 세 시인들의 인식과 실천은 셸리의 예언대로 "거울"이자 "영향력"이며, 제퍼스가 살아 있던 지상과 우주의 끝을 연결하는 상상력과 실천의 공간으로 만들어 낸 "토르 하우스"이며, 스나이더의 "벽이 없는 황야의 빈 집"의 역할을 하고 있다. 이들은 19세기와 20세기를 거쳐 21세기에도 시공간을 초월한 모든 문화권에 영향을 미치고 있다.

이 연구에서 '실천'의 의미를 '행동의 변화'라는 글자 그대로의 의미에서 확장된 '변화의 가능성'의 의미로 해석한 이유는 여기에 있다. 실천은 곧 행동의 변화를 의미하며 이것은 변화의 가능성을 내포한다. 모든 변화는 그 결과가 단숨에 드러나지 않을 수는 있으나 의식의 변화가 시작되는 순간은 실천으로의 영향력을 행사할 수 있는 임계점(critical point)이 된다.

인문학적 상상력, 문학 생태학의 책무가 강조되는 지금, 셸리, 제퍼스, 스나이더의 위상은 강조되어야 한다. 현재 스나이더가 인본주의와 비인본주의의 두 가지 모두를 아우르는 현실에서의 삶을 실천해 오면서 그들의 생태 인식과 실천의 잠재적 힘이 드러나고 있다. 세 시인에 대한 연구가 현대의 환경 위기를 극복할 수 있는 가능성을 향하여 한 걸음 나아간 새로운 인문학적 대안으로서의 역할을 할 수 있을 것으로 기대한다.

자연이 표정을 바꿀 때

후주

1) Arne Naess. *"The Shallow and the Deep, Long-Range Ecology Movement. A Summary."* Inquiry 16(1973): p.97.

2) Arne Naess. *"The Shallow and the Deep, Long-Range Ecology Movement. A Summary."* Inquiry 16(1973): p.97.

3) Cheryll Glotfelty. "Introduction." *The Ecocriticism Reader: Landmarks in Literary Ecology.* Georgia: Georgia UP, 1996. xv-xxxvii. p.xix.

4) Cheryll Glotfelty. "Introduction." *The Ecocriticism Reader: Landmarks in Literary Ecology.* Georgia: Georgia UP, 1996. xv-xxxvii. p.xix.

5) Harold Fromm. "From Transcendence to Obsolescence: A Route Map." *The Ecocriticism Reader: Landmarks in Literary Ecology.* p.37.

6) Robert Jordan Schuler. *Journeys toward the Original Mind: The Longer Poems of Gary Snyder.* New York: Peter Lang, 1994. p.17.

7) Mercedes Cunningham Monjian. *Robinson Jeffers: A Study in Inhumanism.* A Prologue Edition. Pittsburgh: University of Pittsburgh Press, 1958. p.vi.

8) Harold Bloom. *Romanticism and Consciousness: Essays in Criticism.* First Edition. New York: W. W. Norton & Company, 1970. p.374.

9) Kathryn Van Spanckeren. *Outline of American Literature: Revised Edition.* The United States Department of State. Global Publishing Solutions, 2009. pp.67-68.

10) Timothy Morton. *The Ecological Thought.* Cambridge: Harvard UP, 2012. p.1.

11) Gary Snyder. *No Nature: New and Selected Poems.* New York: Pantheon, 1992. p.9.

12) Jonathan Bate. *Romantic Ecology: Wordsworth and the Environmental Tradition.* London: Routledge, 1991. p.36.

13) David D. Joplin. "The Deep Ecology of "Nutting": Wordsworth's Reaction to Milton's Anthropocentrism. *English Language Note* xxxv; ii(Dec. 1997). pp.18-27. Davis S. Miall, "Locating Wordsworth: "Tintern Abbey" and the Community with Nature." *Romanticism on the Net,* Numéro 20, novembre 2000.

14) 조병은. 「"Overleap[ing] the Bounds"; The Quest for Ideal in Shelley's "Alastor"」. 『19세기 영미시인들의 소통에 대한 욕구』, L. I. E. 영문학총서 제13권. Seoul: L. I. E., 2008. pp.10-11.

15) Bill Devall and George Sessions. *Deep Ecology.* Salt Lake City: Gibbs Smith, Publisher, 1985. p.2.

16) Glen A. Love. *Revaluing Nature: Toward An Ecological Criticism.* 1990. p.225.

17) P. B. *Shelley. Shelley: Complete Poetical Works. Ed. Thomas Hutchinson.* Oxford: Oxford University Press, 1970. pp.578-579.

18) Onno Oerlemans. "Shelley's Ideal Body: Vegetarianism and Nature." *SiR* 34. 4 (Winter 1995): p.550.

19) P. B. Shelley. *Shelley: Complete Poetical Works. Ed. Thomas Hutchinson.* Oxford: Oxford University Press, 1970. p.577.

20) P. B. Shelley. *Shelley: Complete Poetical Works. Ed. Thomas Hutchinson.* Oxford: Oxford University Press, 1970. p.578.

21) P. B. Shelley. *Shelley: Complete Poetical Works. Ed. Thomas Hutchinson.* Oxford: Oxford University Press, 1970. p.578.

22) P. B. Shelley. *Shelley: Complete Poetical Works. Ed. Thomas Hutchinson.* Oxford: Oxford University Press, 1970. p.579.

23) James Rieger. "Orpheus and the West Wind." *Percy Bysshe Shelley: Modern Critical Views 54.* Ed. Harold Bloom. New York: Chelsea House, 1985. p.62.

24) Harold Bloom. *The Ringers in the Tower: Studies in Romantic Tradition.* Chicago & London: Chicago UP, 1973. p.101.

25) Percy Bysshe *Shelley. Shelley: Selected Poetry and Prose,* ed. Alasdair D. F. Macrae. First Edition. London: Routledge, 1991. p.266.

26) Gary Snyder. *Turtle Island.* New York: A New Directions, 1974.

p.88.

27) Gary Snyder. *Turtle Island.* New York: A New Directions, 1974. p.114.

28) P. B. Shelley. *Shelley: Complete Poetical Works. Ed. Thomas Hutchinson.* Oxford: Oxford University Press, 1970. p.578.

29) P. B. Shelley. *Shelley: Complete Poetical Works. Ed. Thomas Hutchinson.* Oxford: Oxford University Press, 1970. p.578.

30) P. B. Shelley. *Shelley: Complete Poetical Works. Ed. Thomas Hutchinson.* Oxford: Oxford University Press, 1970. p.578.

31) P. B. Shelley. *Shelley: Complete Poetical Works. Ed. Thomas Hutchinson.* Oxford: Oxford University Press, 1970. p.601-602.

32) P. B. Shelley. *Shelley: Complete Poetical Works. Ed. Thomas Hutchinson.* Oxford: Oxford University Press, 1970. p.424.

33) Paula Gunn Allen. "The Sacred Hoop: A Contemporary Perspective," *The Ecocriticism Reader: Landmarks in Literary Ecology,* eds. Cheryll Glotfelty & Harold Fromm. Georgia: Georgia UP, 1996. p.246.

34) P. B. Shelley. *Shelley: Complete Poetical Works. Ed. Thomas Hutchinson.* Oxford: Oxford University Press, 1970. pp.656-663.

35) P. B. Shelley. *Shelley: Complete Poetical Works. Ed. Thomas Hutchinson.* Oxford: Oxford University Press, 1970. p.253.

36) P. B. Shelley. *Shelley: Complete Poetical Works. Ed. Thomas Hutchinson.* Oxford: Oxford University Press, 1970. pp.229-232.

37) Christine Gallant. *Shelley's Ambivalence.* New York: St. Martin's Press, 1989. p.86.

38) James Notopolos. *The Platonism of Shelley; A Study of Platonism and the Poetic Mind.* Durham: Duke UP, 1949. p.13.

39) P. B. Shelley. *Shelley: Complete Poetical Works. Ed. Thomas Hutchinson.* Oxford: Oxford University Press, 1970. pp.267-268.

40) P. B. Shelley. *Shelley: Complete Poetical Works. Ed. Thomas Hutchinson.* Oxford: Oxford University Press, 1970. p.253.

41) Carolyn Merchant. "Reinventing Eden: Western Culture as a Recovery Narrative." *Uncommon Ground: Rethinking the Human Place in Nature,* ed. William Cronon, New York: W. W. Norton, 1995. p.158.

42) Carolyn Merchant. "Reinventing Eden: Western Culture as a Recovery Narrative." *Uncommon Ground: Rethinking the Human Place in Nature,* ed. William Cronon, New York: W. W. Norton, 1995. p.158.

43) P. B. Shelley. *Shelley: Complete Poetical Works. Ed. Thomas Hutchinson.* Oxford: Oxford University Press, 1970. pp.14-15.

44) P. B. Shelley. *Shelley: Complete Poetical Works. Ed. Thomas Hutchinson.* Oxford: Oxford University Press, 1970. p.15.

45) P. B. Shelley. *Shelley: Complete Poetical Works. Ed. Thomas Hutchinson.* Oxford: Oxford University Press, 1970. p.15.

46) P. B. Shelley. *Shelley: Complete Poetical Works. Ed. Thomas Hutchinson.* Oxford: Oxford University Press, 1970. pp.21-25.

47) P. B. Shelley. *Shelley: Complete Poetical Works. Ed. Thomas Hutchinson.* Oxford: Oxford University Press, 1970. p.26.

48) P. B. Shelley. *Shelley: Complete Poetical Works. Ed. Thomas Hutchinson.* Oxford: Oxford University Press, 1970. p.26.

49) P. B. Shelley. *Shelley: Complete Poetical Works. Ed. Thomas Hutchinson.* Oxford: Oxford University Press, 1970. p.28.

50) P. B. Shelley. *Shelley: Complete Poetical Works. Ed. Thomas Hutchinson.* Oxford: Oxford University Press, 1970. p.30.

51) Earl R. Wasserman. *Shelley: A Critical Reading.* Baltimore and London: The Johns Hopkins UP, 1977. p.32.

52) P. B. Shelley. *Shelley: Complete Poetical Works. Ed. Thomas Hutchinson.* Oxford: Oxford University Press, 1970. p.26.

53) P. B. Shelley. *Shelley: Complete Poetical Works. Ed. Thomas Hutchinson.* Oxford: Oxford University Press, 1970. p.26.

54) P. B. Shelley. *Shelley: Complete Poetical Works. Ed. Thomas Hutchinson.* Oxford: Oxford University Press, 1970. p.26.

55) P. B. Shelley. *Shelley: Complete Poetical Works. Ed. Thomas Hutchinson.* Oxford: Oxford University Press, 1970. p.30.

56) P. B. Shelley. *Shelley: Complete Poetical Works. Ed. Thomas Hutchinson.* Oxford: Oxford University Press, 1970. p.228.

57) Percy Bysshe *Shelley. Shelley: Selected Poetry and Prose,* ed. Alasdair D. F. Macrae. First Edition. London: Routledge, 1991.

p.191.

58) Percy Bysshe Shelley. *Shelley: Selected Poetry and Prose,* ed. Alasdair D. F. Macrae. First Edition. London: Routledge, 1991. p.191.

59) Harold Bloom. *Romanticism and Consciousness: Essays in Criticism.* First Edition. New York: W. W. Norton & Company, 1970. p.379.

60) P. B. Shelley. *Shelley: Complete Poetical Works. Ed. Thomas Hutchinson.* Oxford: Oxford University Press, 1970. p.263.

61) P. B. Shelley. *Shelley: Complete Poetical Works. Ed. Thomas Hutchinson.* Oxford: Oxford University Press, 1970. p.263.

62) P. B. Shelley. *Shelley: Complete Poetical Works. Ed. Thomas Hutchinson.* Oxford: Oxford University Press, 1970. p.29.

63) 찰스 길리스피. 『객관성의 칼날: 과학 사상의 역사에 관한 에세이』. 이필렬 역. 서울: 새물결, 2005. pp.38-39.

64) P. B. Shelley. *Shelley: Complete Poetical Works. Ed. Thomas Hutchinson.* Oxford: Oxford University Press, 1970. pp.532-533.

65) Neil Evernden. "Beyond Ecology: Self, Place, and the Pathetic Fallacy." *The North American Review* 263(Winter 1978). p.97.

66) Burtrand Russell. *History of Western Philosophy and its Connection with Political and Social Circumstances from the Earliest Times to the Present Day.* 2nd Ed. London; Boston: George Allen & Unwin, 1961. pp.71-72.

67) Burtrand Russell. *History of Western Philosophy and its Connection with Political and Social Circumstances from the Earliest Times to the Present Day.* 2nd Ed. London; Boston: George Allen & Unwin, 1961. p.72.

68) Scott Slovic. "Nature Writing and Environmental Psychology: The Interiority of Outdoor Experience." The Ecocriticism Reader: Landmarks in Literary Ecology. p.364. Glen A. Love. "Revaluing Nature: Toward an Ecological Criticism," *The Ecocriticism Reader: Landmarks in Literary Ecology.* 1990. p.230.

69) J. L. Bradley. *A Shelley Chronology.* London: The Macmillan Press LTD, 1993. p.6.

70) J. L. Bradley. *A Shelley Chronology.* London: The Macmillan

Press LTD, 1993. pp.12-13.

71) Percy Bysshe Shelley. *The Letters of Percy Bysshe Shelley,* ed. Frederick L. Jones 2 Vols. Oxford: Oxford UP, 1964. p.513.

72) Michael H. Scrivener. *Radical Shelley: The Philosophical Anarchism and Utopian Thought of Percy Bysshe Shelley.* Princeton: Princeton UP, 1982. pp.198-199.

73) Lisa Vargo. "Unmasking Shelley's Mask of Anarchy." *English Studies* in Canada 13.1 (1987): p.56.

74) P. B. Shelley. *Shelley: Complete Poetical Works. Ed. Thomas Hutchinson.* Oxford: Oxford University Press, 1970. p.340.

75) Michael H. Scrivener. *Radical Shelley: The Philosophical Anarchism and Utopian Thought of Percy Bysshe Shelley.* Princeton: Princeton UP, 1982. p.210.

76) P. B. Shelley. *Shelley: Complete Poetical Works. Ed. Thomas Hutchinson.* Oxford: Oxford University Press, 1970. p.340.

77) P. B. Shelley. *Shelley: Complete Poetical Works. Ed. Thomas Hutchinson.* Oxford: Oxford University Press, 1970. p.344.

78) Harold Bloom. *Romanticism and Consciousness: Essays in Criticism.* First Edition. New York: W. W. Norton & Company, 1970. p.390.

79) P. B. Shelley. *Shelley: Complete Poetical Works. Ed. Thomas Hutchinson.* Oxford: Oxford University Press, 1970. p.376.

80) P. B. Shelley. *Shelley: Complete Poetical Works. Ed. Thomas Hutchinson.* Oxford: Oxford University Press, 1970. p.376.

81) P. B. Shelley. *Shelley: Complete Poetical Works. Ed. Thomas Hutchinson.* Oxford: Oxford University Press, 1970. p.374.

82) 양승갑. 『후기구조주의적 관점에서 본 셸리(P. B. Shelley)의 시』. 동아대학교 박사학위 논문. 1997. p.82.

83) 양승갑. 『후기구조주의적 관점에서 본 셸리(P. B. Shelley)의 시』. 동아대학교 박사학위 논문. 1997. p.83.

84) 양승갑. 『후기구조주의적 관점에서 본 셸리(P. B. Shelley)의 시』. 동아대학교 박사학위 논문. 1997. p.82.

85) J. L. Bradley. *A Shelley Chronology.* London: The Macmillan Press LTD, 1993. p.13.

86) Claire Tomalin. *Shelley and His World.* New York: Charles

Scribner's Sons, 1980. p.6.

87) Percy Bysshe Shelley. *A Defence of Poetry and Other Essays.* New York: Editora Griffo, 1991. p.233.

88) Percy Bysshe Shelley. *A Defence of Poetry and Other Essays.* New York: Editora Griffo, 1991. p.205.

89) Percy Bysshe Shelley. *A Defence of Poetry and Other Essays.* New York: Editora Griffo, 1991. p.210.

90) Percy Bysshe Shelley. *A Defence of Poetry and Other Essays.* New York: Editora Griffo, 1991. p.224.

91) Percy Bysshe Shelley. *A Defence of Poetry and Other Essays.* New York: Editora Griffo, 1991. p.210.

92) Percy Bysshe Shelley. *A Defence of Poetry and Other Essays.* New York: Editora Griffo, 1991. p.211.

93) P. B. Shelley. *Shelley: Complete Poetical Works. Ed. Thomas Hutchinson.* Oxford: Oxford University Press, 1970. p.772.

94) P. B. Shelley. *Shelley: Complete Poetical Works. Ed. Thomas Hutchinson.* Oxford: Oxford University Press, 1970. p.342.

95) P. B. Shelley. *Shelley: Complete Poetical Works. Ed. Thomas Hutchinson.* Oxford: Oxford University Press, 1970. p.526.

96) Harold Bloom. *Romanticism and Consciousness: Essays in Criticism.* First Edition. New York: W. W. Norton & Company, 1970. p.9.

97) Percy Bysshe Shelley. *Shelley: Selected Poetry and Prose,* ed. Alasdair D. F. Macrae. First Edition. London: Routledge, 1991. p.210.

98) Percy Bysshe Shelley. *A Defence of Poetry and Other Essays.* New York: Editora Griffo, 1991. p.212.

99) Timothy Morton. "Nature and Culture." *The Cambridge Companion to Shelley.* Cambridge: Cambridge UP, 2006. pp.202-203.

100) Timothy Morton. *Shelley and the Revolution in Taste: The Body and the Natural World.* New York: Cambridge UP, 1994. p.226.

101) Timothy Morton. *The Ecological Thought.* Cambridge: Harvard UP, 2012. p.1.

102) Karla Armbruster & Kathleen R. Wallace, "Introduction." *Beyond Nature Writing Expanding the Boundaries of Ecocriti-*

cism. Charlottesville and London: Virginia UP, 2001. p.2.

103) Karla Armbruster & Kathleen R. Wallace. "Introduction." *Beyond Nature Writing Expanding the Boundaries of Ecocriticism.* Charlottesville and London: Virginia UP, 2001. p.15.

104) Percy Bysshe Shelley. *A Defence of Poetry and Other Essays.* New York: Editora Griffo, 1991. p.515.

105) Percy Bysshe Shelley. *A Defence of Poetry and Other Essays.* New York: Editora Griffo, 1991. p.233.

106) Alex Vardamis. "In the Poet's Lifetime." *Robinson Jeffers: Dimensions of a Poet.* p.19.

107) Alex Vardamis. "In the Poet's Lifetime." *Robinson Jeffers: Dimensions of a Poet.* p.20.

108) Robert Zaller. *The Cliffs of Solitude: A Reading of Robinson Jeffers.* Cambridge: Cambridge UP. 2003. p.1.

109) Zaller, Robert. *The Cliffs of Solitude: A Reading of Robinson Jeffers.* Cambridge: Cambridge UP. 2003. p.1.

110) Kerk Glaser. "Desire, Death, and Domesticity in Jeffers's Pastorals of Apocalypse." *Robinson Jeffers: Dimensions of a Poet.* p.170.

111) Robinson Jeffers. *The Selected Poetry of Robinson Jeffers, 1897-1962.* Ed. Ann N. Ridgeway. Baltimore: Johns Hopkins UP, 1968. p.178.

112) Robinson Jeffers. *The Selected Poetry of Robinson Jeffers, 1897-1962.* Ed. Ann N. Ridgeway. Baltimore: Johns Hopkins UP, 1968. p.179.

113) Robinson Jeffers. *The Selected Poetry of Robinson Jeffers, 1897-1962.* Ed. Ann N. Ridgeway. Baltimore: Johns Hopkins UP, 1968. pp.646-647.

114) Robinson Jeffers. *The Selected Poetry of Robinson Jeffers, 1897-1962.* Ed. Ann N. Ridgeway. Baltimore: Johns Hopkins UP, 1968. p.691.

115) Kerk Glaser. "Desire, Death, and Domesticity in Jeffers's Pastorals of Apocalypse." *Robinson Jeffers: Dimensions of a Poet.* p.173.

116) Mercedes Cunningham Monjian. *Robinson Jeffers: A Study in*

Inhumanism. A Prologue Edition. Pittsburgh: University of Pittsburgh Press, 1958. p.2.

117) Robinson Jeffers. *The Selected Poetry of Robinson Jeffers, 1897-1962.* Ed. Ann N. Ridgeway. Baltimore: Johns Hopkins UP, 1968. p.179. p.688.

118) Percy Bysshe Shelley. *Shelley: Complete Poetical Works.* Ed. G. M. Matthews.(2nd Edition). New York: Oxford University Press, 1971. p.526.

119) Robinson Jeffers. *The Selected Poetry of Robinson Jeffers, 1897-1962.* Ed. Ann N. Ridgeway. Baltimore: Johns Hopkins UP, 1968. p.529.

120) Robinson Jeffers. *The Selected Poetry of Robinson Jeffers, 1897-1962.* Ed. Ann N. Ridgeway. Baltimore: Johns Hopkins UP, 1968. p.529.

121) Robinson Jeffers. *The Selected Poetry of Robinson Jeffers, 1897-1962.* Ed. Ann N. Ridgeway. Baltimore: Johns Hopkins UP, 1968. pp.529-530.

122) Bill Devall and George Sessions. *Deep Ecology.* Salt Lake City: Gibbs Smith, Publisher, 1985. p.101.에서 재인용. 원문에서는 이탤릭.

123) Robinson Jeffers. *The Double Axe and Other Poems.* New York: Random House, 1948. p.vii.

124) Robinson Jeffers. *The Double Axe and Other Poems.* New York: Random House, 1948. p.vii.

125) Robinson Jeffers. *The Selected Poetry of Robinson Jeffers, 1897-1962.* Ed. Ann N. Ridgeway. Baltimore: Johns Hopkins UP, 1968. p.585.

126) Robinson Jeffers. *The Selected Poetry of Robinson Jeffers, 1897-1962.* Ed. Ann N. Ridgeway. Baltimore: Johns Hopkins UP, 1968. p.585.

127) Robinson Jeffers. *The Selected Poetry of Robinson Jeffers, 1897-1962.* Ed. Ann N. Ridgeway. Baltimore: Johns Hopkins UP, 1968. pp.585-586.

128) James Karman. *Robinson Jeffers: Poet of California.* Brownsvill: Story Line Press, 1995. p.96.

129) Robinson Jeffers. *The Selected Poetry of Robinson Jeffers, 1897-*

1962. Ed. Ann N. Ridgeway. Baltimore: Johns Hopkins UP, 1968. p.125.

130)   Gilbert Allen. "Passionate Detachment in the lyrics of Jeffers and Yeats." *Robinson Jeffers and a Galaxy or Writers: Essays in Honor of William H. Nolte,* ed. William B. Thesing. Columbia: U of South Carolina P, 1995. p.66.

131)   Robinson Jeffers. *The Selected Poetry of Robinson Jeffers, 1897-1962.* Ed. Ann N. Ridgeway. Baltimore: Johns Hopkins UP, 1968. pp.690-691.

132)   Robinson Jeffers. *The Selected Poetry of Robinson Jeffers, 1897-1962.* Ed. Ann N. Ridgeway. Baltimore: Johns Hopkins UP, 1968. p.691.

133)   김은성. 「로빈슨 제퍼스의 인간관과 생태적 인식」. 『현대영미시연구 』. 9: 1(2003). p.45.

134)   Robinson Jeffers. *The Selected Poetry of Robinson Jeffers, 1897-1962.* Ed. Ann N. Ridgeway. Baltimore: Johns Hopkins UP, 1968. p.693.

135)   John Elder. *Imaging the Earth: Poetry and the Vision of Nature.* 2nd edition. Athens: Georgia UP, 1996. p.16.

136)   Robert Zaller. *The Cliffs of Solitude: A Reading of Robinson Jeffers.* Cambridge: Cambridge UP. 2003. p.53.

137)   Robinson Jeffers. *The Selected Poetry of Robinson Jeffers, 1897-1962.* Ed. Ann N. Ridgeway. Baltimore: Johns Hopkins UP, 1968. p.693.

138)   Scott Slovic. "Nature Writing and Environmental Psychology: The Interiority of Outdoor Experience." *The Ecocriticism Reader: Landmarks in Literary Ecology.* p.364.

139)   Robinson Jeffers. *The Selected Poetry of Robinson Jeffers, 1897-1962.* Ed. Ann N. Ridgeway. Baltimore: Johns Hopkins UP, 1968. pp.113-114.

140)   Percy Bysshe Shelley. *Shelley: Complete Poetical Works.* Ed. G. M. Matthews.(2nd Edition). New York: Oxford University Press, 1971. p.114.

141)   Wayne Cox. "Robinson Jeffers and the Conflict of Christianity." *Robinson Jeffers and a Galaxy or Writers,* ed. William B. Thes-

ing. South Carolina: UP of South Carolina, 1995. p.12. Albert Gelpi. "Introduction: Robinson Jeffers and the Sublime." The Wild God of the World: Robinson Jeffers. Stanford: Stanford UP, 2003. p.189.

142) Robinson Jeffers. *The Selected Poetry of Robinson Jeffers, 1897-1962.* Ed. Ann N. Ridgeway. Baltimore: Johns Hopkins UP, 1968. p.676.

143) Robinson Jeffers. *The Selected Poetry of Robinson Jeffers, 1897-1962.* Ed. Ann N. Ridgeway. Baltimore: Johns Hopkins UP, 1968. p.676.

144) Robinson Jeffers. *The Selected Poetry of Robinson Jeffers, 1897-1962.* Ed. Ann N. Ridgeway. Baltimore: Johns Hopkins UP, 1968. p.676.

145) Robinson Jeffers. *The Selected Poetry of Robinson Jeffers, 1897-1962.* Ed. Ann N. Ridgeway. Baltimore: Johns Hopkins UP, 1968. p.130.

146) Robinson Jeffers. *The Selected Letters of Robinson Jeffers, 1897-1962.* ed. Ann N. Ridgeway. Baltimore: Johns Hopkins UP, 1968. p.221.

147) Robinson Jeffers. *The Selected Letters of Robinson Jeffers, 1897-1962.* ed. Ann N. Ridgeway. Baltimore: Johns Hopkins UP, 1968. p.221.

148) Robinson Jeffers. *The Selected Poetry of Robinson Jeffers, 1897-1962.* Ed. Ann N. Ridgeway. Baltimore: Johns Hopkins UP, 1968. p.678.

149) Robinson Jeffers. *The Selected Poetry of Robinson Jeffers, 1897-1962.* Ed. Ann N. Ridgeway. Baltimore: Johns Hopkins UP, 1968. p.678.

150) Robinson Jeffers. *The Selected Poetry of Robinson Jeffers, 1897-1962.* Ed. Ann N. Ridgeway. Baltimore: Johns Hopkins UP, 1968. p.678.

151) Robinson Jeffers. *The Selected Poetry of Robinson Jeffers, 1897-1962.* Ed. Ann N. Ridgeway. Baltimore: Johns Hopkins UP, 1968. p.678.

152) Peter Quigley. "Carrying the Weight: Jeffers' Role in Preparing

the Way for Ecocriticism." *Jeffers Studies* 6.2 (2002): p.3.

153) Alan Soldofsky. "Nature and the Symbolic Order." *Robinson Jeffers: Dimensions of a Poet.* p.177.

154) Roy Meador. "The Pittsburgh Years of Robinson Jeffers." *Pennsylvania State University library article (January 1980):* p.18.

155) Robinson Jeffers. *The Selected Poetry of Robinson Jeffers, 1897-1962.* Ed. Ann N. Ridgeway. Baltimore: Johns Hopkins UP, 1968. p.676.

156) Robinson Jeffers. *The Selected Poetry of Robinson Jeffers, 1897-1962.* Ed. Ann N. Ridgeway. Baltimore: Johns Hopkins UP, 1968. p.130.

157) Robinson Jeffers. *The Selected Poetry of Robinson Jeffers, 1897-1962.* Ed. Ann N. Ridgeway. Baltimore: Johns Hopkins UP, 1968. p.596.

158) Robinson Jeffers. *The Selected Poetry of Robinson Jeffers, 1897-1962.* Ed. Ann N. Ridgeway. Baltimore: Johns Hopkins UP, 1968. p.592.

159) Robinson Jeffers. *The Selected Poetry of Robinson Jeffers, 1897-1962.* Ed. Ann N. Ridgeway. Baltimore: Johns Hopkins UP, 1968. p.624.

160) Robinson Jeffers. *The Selected Poetry of Robinson Jeffers, 1897-1962.* Ed. Ann N. Ridgeway. Baltimore: Johns Hopkins UP, 1968. p.640.

161) Robert Zaller. *The Cliffs of Solitude: A Reading of Robinson Jeffers.* Cambridge: Cambridge UP, 2003. p.ixv.

162) Robinson Jeffers. *The Selected Poetry of Robinson Jeffers, 1897-1962.* Ed. Ann N. Ridgeway. Baltimore: Johns Hopkins UP, 1968. p.19.

163) Robinson Jeffers. *The Selected Poetry of Robinson Jeffers, 1897-1962.* Ed. Ann N. Ridgeway. Baltimore: Johns Hopkins UP, 1968. p.98.

164) Thomas J. Lyon. "A Taxonomy of Nature Writing." *The Ecocriticism Reader: Landmarks in Literary Ecology.* p.279.

165) Carl G. Herndl and Stuart C. Brown. "Introduction." *Green Culture: Environmental Rhetoric in Contemporary America.* Wis-

consin: The Wisconsin UP. 1996. p.3.

166) Czeslaw Milosz. *Visions from San Francisco Bay.* Trans. Richard Lourie. New York: Farrar, 1982. p.93.

167) Glen A. Love. "Revaluing Nature: Toward an Ecological Criticism," *The Ecocriticism Reader: Landmarks in Literary Ecology.* 1990. p.234.

168) Bill Devall and George Sessions. *Deep Ecology.* Salt Lake City: Gibbs Smith, Publisher, 1985. pp.64-65.

169) Robinson Jeffers. *The Selected Poetry of Robinson Jeffers, 1897-1962.* Ed. Ann N. Ridgeway. Baltimore: Johns Hopkins UP, 1968. p.522.

170) Robinson Jeffers. *The Selected Poetry of Robinson Jeffers, 1897-1962.* Ed. Ann N. Ridgeway. Baltimore: Johns Hopkins UP, 1968. p.522.

171) Glen A. Love. "Revaluing Nature: Toward an Ecological Criticism," *The Ecocriticism Reader: Landmarks in Literary Ecology.* 1990. p.123.

172) Glen A. Love. "Revaluing Nature: Toward an Ecological Criticism," *The Ecocriticism Reader: Landmarks in Literary Ecology.* 1990. pp.129-130.

173) Glen A. Love. "Revaluing Nature: Toward an Ecological Criticism," *The Ecocriticism Reader: Landmarks in Literary Ecology.* 1990. p.134.

174) Gary Snyder. *Myths & Texts.* New York: A New Directions, 1978. p.vii.

175) Glen A. Love. "Revaluing Nature: Toward an Ecological Criticism," *The Ecocriticism Reader: Landmarks in Literary Ecology.* 1996. pp.237-238.

176) Gary Snyder. *Riprap and Cold Mountain Poems.* 50th Anniversary Edition. Berkeley: Counterpoint, 2009. p.32.

177) Gary Snyder, *No Nature: New and Selected Poems.* New York: Pantheon, 1992. p.183.

178) Gary Snyder. *No Nature: New and Selected Poems.* New York: Pantheon, 1992. p.183.

179) Gary Snyder, *No Nature: New and Selected Poems.* New York:

Pantheon, 1992, p.84.

180) Donald Worster. Nature' *Economy: The History of Ecological Ideas.* Cambridge: Cambridge UP. 1998. p.192.에서 재인용.

181) Gary Snyder. *A Place in Space: Ethics, Aesthetics, and Watersheds, New and Selected Prose.* Washington, D.C.: Counterpoint, 1995. p.75.

182) P. B. Shelley. *Shelley: Complete Poetical Works. Ed. Thomas Hutchinson.* Oxford: Oxford University Press, 1970. p.30.

183) Cheryll Glotfelty. "Introduction." *The Ecocriticism Reader: Landmarks in Literary Ecology.* Georgia: Georgia UP, 1996. xv-xxxvii. p.xix.

184) Bill Devall and George Sessions. *Deep Ecology.* Salt Lake City: Gibbs Smith, Publisher, 1985. p.8.

185) Gary Snyder. *No Nature: New and Selected Poems.* New York: Pantheon, 1992. p.169.

186) Gary Snyder. *No Nature: New and Selected Poems.* New York: Pantheon, 1992. p.174.

187) Gary Snyder. *Turtle Island.* New York: A New Directions, 1974. pp.24-25.

188) Gary Snyder. *No Nature: New and Selected Poems.* New York: Pantheon, 1992. p.218.

189) Gary Snyder. *Turtle Island.* New York: A New Directions, 1974. pp.91-99.

190) Gary Snyder. *Earth House Hold: Technical Notes & Queries to Follow Dharma Revolutionaries.* New York: New Directions, 1969. p.105.

191) Gary Snyder. *The Real Work: Interviews & Talks: 1964-1979,* ed. Scott McLean. New York: New Directions, 1980. p.130.

192) Gary Snyder. *No Nature: New and Selected Poems.* New York: Pantheon, 1992. p.308.

193) Gary Snyder. *Turtle Island.* New York: A New Directions, 1974. p.1.

194) Gary Snyder. *Turtle Island.* New York: A New Directions, 1974. p.1.

195) Patrick D. Murphy. *Understanding Gary Snyder.* Columbia: Uni-

versity of South Carolina, 1992. p.110.

196) Worster, Donald. *Nature' Economy: The History of Ecological Ideas.* Cambridge: Cambridge UP. 1998. p.316.에서 재인용.

197) 강옥구. 「야성의 현자, 게리 스나이더」. 『야성의 삶』. 이상화 역. 서울: 동쪽 나라, 2000. pp.330-331.

198) 강옥구. 「야성의 현자, 게리 스나이더」. 『야성의 삶』. 이상화 역. 서울: 동쪽 나라, 2000. p.331.

199) 개리 스나이더. 『야성의 삶』. 이상화 역. 서울: 동쪽나라, 2000. p.9.

200) 개리 스나이더. 『야성의 삶』. 이상화 역. 서울: 동쪽나라, 2000. p.8.

201) 개리 스나이더. 『야성의 삶』. 이상화 역. 서울: 동쪽나라, 2000. p.325.

202) 개리 스나이더. 『야성의 삶』. 이상화 역. 서울: 동쪽나라, 2000. p.8.

203) Gen Snyder. "What I Have Learned." *Gary Snyder: Dimensions of A Life,* ed. Jon Halper. San Francisco: Sierra Club, 1991. p.142.

204) Gary Snyder. *No Nature: New and Selected Poems.* New York: Pantheon, 1992. p.85.

205) Michael Castro. "Gary Snyder: the Lesson of Turtle Island." *Critical Essays on Gary Snyder,* ed. Patrick D. Murphy. Boston: Hall, 1990. p.136.

206) Gary Snyder. *No Nature: New and Selected Poems. New York: Pantheon,* 1992. p.381.

207) Gary Snyder. *No Nature: New and Selected Poems. New York: Pantheon,* 1992. p.381.

208) Gary Snyder. *No Nature: New and Selected Poems. New York: Pantheon,* 1992. p.362.

209) Gary Snyder. *The Practice of the Wild. San Francisco: North Point,* 1990. p.68.

210) Paul Sherman. "From Lookout to Ashram: The Way of Gary Snyder." *Iowa Review* 1:3(summer, 1970): Part I. p.58.

211) Gary Snyder. *No Nature: New and Selected Poems. New York: Pantheon,* 1992. pp.366-367.

212) Gary Snyder. *No Nature: New and Selected Poems. New York: Pantheon,* 1992. p.366.

213) Gary Snyder. *A Place in Space: Ethics, Aesthetics, and Watersheds, New and Selected Prose.* Washington, D.C.: Counterpoint, 1995. pp.56-64.

214) 강용기. 『재현의 한계를 넘어서: 저항의 영문학』. 서울: 학위사, 2010. p.18.

215) Gary Snyder. *Turtle Island.* New York: A New Directions, 1974. p.106.

216) Gary Snyder. *No Nature: New and Selected Poems.* New York: Pantheon, 1992. p.319.

217) Tom Lavazzi. "Pattern of Flux: Sex, Buddhism, and Ecology in Gary Snyder's Poetry." *Sagetrieb* 8:1-2(Spring and Fall, 1989): p.42.

218) Snyder, Gary. *Riprap and Cold Mountain Poems.* 50th Anniversary Edition. p.21.

219) Gary Snyder. *Turtle Island.* New York: A New Directions, 1974. p.86.

220) Gary Snyder. *No Nature: New and Selected Poems.* New York: Pantheon, 1992. p.266.

221) Gary Snyder. *Turtle Island.* New York: A New Directions, 1974. p.138.

222) Gary Snyder. *Earth House Hold: Technical Notes & Queries to Follow Dharma Revolutionaries.* New York: New Directions, 1969. p.129.

참고 문헌

1. 일차 문헌(Primary Sources)

Jeffers, Robinson. *The Double Axe and Other Poems.* New York: Random House, 1948.

____. *Hungerfield, and other poems.* New York: Random House, 1954.

____. *The Loving Shepherdess.* New York: Random House, 1956.

____. *The Beginning and The End, and Other Poems.* New York: Random House, 1963.

____. *Robinson Jeffers: Selected Poems.* New York: Vintage, 1965.

____. *The Selected Letters of Robinson Jeffers, 1897-1962,* ed. Ann N. Ridgeway. Baltimore: Johns Hopkins UP, 1968.

____. *Rock and Hawk: A Selection of Shorter Poems,* ed. Robert Hass. New York: Random House, 1987.

____. *The Selected Poetry of Robinson Jeffers,* ed. Tim Hunt. Stanford: Stanford UP, 2001.

____. *Stones of the Sur,* ed. James Karman. Stanford: Stanford UP, 2002.

Shelley, Percy Bysshe. *The Letters of Percy Bysshe Shelley,* ed. Frederick L. Jones 2 Vols. Oxford: Oxford UP, 1964.

____. *Shelley: Poetical Works.* Ed. Thomas Hutchinson. Oxford: Oxford University Press, 1970.

____. *Percy Bysshe Shelley: A Literary Life,* ed. Michael O'Neill. London: Macmillan, 1989.

____. *Shelley: Selected Poetry and Prose,* ed. Alasdair D. F. Macrae. First Edition. London: Routledge, 1991.

____. *A Defence of Poetry and Other Essays.* New York: Editora

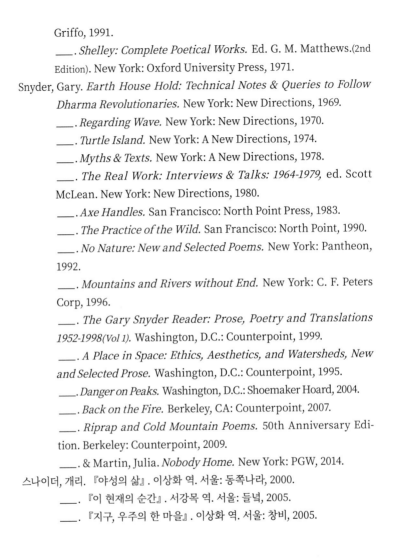

Griffo, 1991.

___. *Shelley: Complete Poetical Works.* Ed. G. M. Matthews.(2nd Edition). New York: Oxford University Press, 1971.

Snyder, Gary. *Earth House Hold: Technical Notes & Queries to Follow Dharma Revolutionaries.* New York: New Directions, 1969.

___. *Regarding Wave.* New York: New Directions, 1970.

___. *Turtle Island.* New York: A New Directions, 1974.

___. *Myths & Texts.* New York: A New Directions, 1978.

___. *The Real Work: Interviews & Talks: 1964-1979,* ed. Scott McLean. New York: New Directions, 1980.

___. *Axe Handles.* San Francisco: North Point Press, 1983.

___. *The Practice of the Wild.* San Francisco: North Point, 1990.

___. *No Nature: New and Selected Poems.* New York: Pantheon, 1992.

___. *Mountains and Rivers without End.* New York: C. F. Peters Corp, 1996.

___. *The Gary Snyder Reader: Prose, Poetry and Translations 1952-1998(Vol 1).* Washington, D.C.: Counterpoint, 1999.

___. *A Place in Space: Ethics, Aesthetics, and Watersheds, New and Selected Prose.* Washington, D.C.: Counterpoint, 1995.

___. *Danger on Peaks.* Washington, D.C.: Shoemaker Hoard, 2004.

___. *Back on the Fire.* Berkeley, CA: Counterpoint, 2007.

___. *Riprap and Cold Mountain Poems.* 50th Anniversary Edition. Berkeley: Counterpoint, 2009.

___. & Martin, Julia. *Nobody Home.* New York: PGW, 2014.

스나이더, 개리. 『야성의 삶』. 이상화 역. 서울: 동쪽나라, 2000.

___. 『이 현재의 순간』. 서강목 역. 서울: 들녘, 2005.

___. 『지구, 우주의 한 마을』. 이상화 역. 서울: 창비, 2005.

2. 이차 문헌(Secondary Sources)

강옥구. 「야성의 현자, 게리 스나이더」. 『야성의 삶』. 이상화 역. 서울: 동쪽나라,

2000. 325-332.

강용기. 『재현의 한계를 넘어서: 저항의 영문학』. 서울: 학위사, 2010.

＿＿. 「개리 스나이더의 공성(空性): 『정상의 위험』을 중심으로」. 『문학과 환경』. 13(2014). 33-51.

＿＿.「지속가능한 사회를 향한 (反)문화 서사-개리 스나이더의 수면의 물결」. 《문학과 환경》 5.2(2006): 7-24.

구자광. 「'생물지역주의'의 위험성과 가능성- 게리 스나이더의 경우」. 『한국동서비교문학저널』. 19(2008). 7-32.

길리스피, 찰스. 『객관성의 칼날: 과학 사상의 역사에 관한 에세이』. 이필렬 역. 서울: 새물결, 2005.

김원중. 「로빈슨 제퍼스와 A. R. 애먼즈의 시에 나타난 생태이념으로서의 도가철학」. 『현대영미시연구』 14: 2(2008). 1-30.

김은성. 「로빈슨 제퍼스의 인간관과 생태적 인식」. 『현대영미시연구』. 9: 1(2003). 41-65.

＿＿. 「생태작가의 자기 중심성: 존 뮈어와 로빈슨 제퍼스의 경우」. 『영미문화』, 10:3(2010). 한국영미문화학회. 49-76.

김종욱. 『불교생태철학』. 서울: 동국대학교출판부, 2004.

김천봉. 『셸리 시의 생태학적 전망』. 고려대학교 박사학위 논문. 2005.

사지원. 「독일 낭만주의의 자연관에 담긴 인식과 조피 메로-브렌타노의 생태학적 상상력」. 『카프카연구』. Vol. 25(2011). 215-232.

양승갑. 『후기구조주의적 관점에서 본 셸리(P. B. Shelley)의 시』. 동아대학교 박사학위 논문. 1997.

＿＿. 「셸리의 생태학적 이상」, 『영어영문학』 49: 1(2003). 75-99.

양옥석. 『스나이더의 자연시: 생태적 거주를 향하여』. 고려대학교 박사학위 논문. 2003.

윤미순. 『게리 스나이더의 시와 산문에 나타난 심층생태적 사유』. 중앙대학교 박사학위 논문. 2012.

정선영. 「생태적 사상가로서의 시인의 책무: 셸리의 「시의 옹호」와 스나이더의 『우주의 한 마을』을 중심으로」. 『문학과 환경』, 12: 2(2012). 131-163.

＿＿. 「유기적 전체의 지향: 제퍼스와 스나이더의 생태의식」. 『문학과 환경』, 12: 2(2013). 239-278.

조병은. 「"Overleap[ing] the Bounds"; The Quest for Ideal in Shelley's "Alastor"」. 『19세기 영미시인들의 소통에 대한 욕구』, L. I. E. 영문학 총서 제13권. Seoul: L. I. E., 2008.

최동오. 「낭만주의 생태비평 연구」. 『인문학연구』. Vol. 95(2014). 291-312.

＿＿. 「낭만주의 생태비평과 코울리지의 자연의 비전」. 『인문학연구』. Vol. 97(2014). 411-431.

Allen, Gilbert. "Passionate Detachment in the lyrics of Jeffers and Yeats." *Robinson Jeffers and a Galaxy or Writers: Essays in Honor of William H. Nolte,* ed. William B. Thesing. Columbia: U of South Carolina P, 1995. 60-68.

Allen, Paula Gunn. "The Sacred Hoop: A Contemporary Perspective," *The Ecocriticism Reader: Landmarks in Literary Ecology,* eds. Cheryll Glotfelty & Harold Fromm. Georgia: Georgia UP, 1996. 241-263.

Armbruster, Karla & Wallace, Kathleen R. "Introduction." *Beyond Nature Writing Expanding the Boundaries of Ecocriticism.* Charlottesville and London: Virginia UP, 2001. 1-25.

Barcus, James. E. *Percy Bysshe Shelley: The Critical Heritage.* London: Routledge, 1995.

Bate, Jonathan. *Romantic Ecology: Wordsworth and the Environmental Tradition.* London: Routledge, 1991.

____. *The Song of the Earth.* Cambridge, Mass: Harvard UP, 2000.

Bloom, Harold. *Shelley's Mythmaking.* New York: Cornell UP, 1969.

____. *Romanticism and Consciousness: Essays in Criticism.* First Edition. New York: W. W. Norton & Company, 1970.

____. *The Ringers in the Tower: Studies in Romantic Tradition.* Chicago & London: Chicago UP, 1973.

____. *A Map of Misreading.* New York: Oxford UP, 1975.

____. *Percy Bysshe Shelley.* New York: Chelsea House Publishers, 1985.

Boyson, Rowan. "Shelley's Republic of Odours: Aesthetic and Political Dimensions of Scent in 'The Sensitive Plant.'". *The Keats-Shelley Review 27* (2013): 105-120.

Bradford, George. *How Deep Is Deep Ecology?: with an essay-review on Woman's Freedom.* Hadley: Times Change Press, 1989.

Bradley, J. L. *A.. Shelley Chronology.* London: The Macmillan Press LTD, 1993.

Brophy, Robert. *Robinson Jeffers: Dimensions of a Poet.* New York: Fordham UP, 1995.

Buell, Lawrence. *The Environmental Imagination: Thoreau, Nature*

Writing, and the Formation of American Culture. Cambridge: Harvard UP, 1995.

———. *The American Transcendentalists.* New York: Random House, Inc. 2006.

Cameron, Kenneth Neill. *The Young Shelley: Genesis of a Radical.* London, Victor Gollancz Lted., 1951.

Campbell, Matthew. "Yeats in the Coming Times." *Essays in Criticism.* Vol. 53, No. 1 (Jan. 2003), 10-32.

———. *Irish Poetry Under the Union.* New York: Cambridge UP, 2013.

Campbell, SueEllen. "The Land and Language of Desire: Where Deep Ecology and Poststructuralism Meet." *The Ecocriticism Reader: Landmarks in Literary Ecology.* 124-136.

Capra, Pritjof. "Deep Ecology: A New Paradigm." *Deep Ecology for the 21st Century,* ed. George Sessions. Boston & London: Shambhala, 1995. 19-25.

Castro, Michael. "Gary Snyder: the Lesson of Turtle Island." *Critical Essays on Gary Snyder,* ed. Patrick D. Murphy. Boston: Hall, 1990. 131-143.

Cheney, Jim. "Postmodern Environmental Ethics: Ethics as Bioregional Narrative." *Postmodern Environmental Ethics,* ed. Max Oelschlaeger. 1995. 23-42.

Choi, Dong-oh. *Ecological vision in selected poems of William Wordsworth, 1798-1800.* Diss. of Indiana University of Pennsylvania, 1998.

Cox, Wayne. "Robinson Jeffers and the Conflict of Christianity." *Robinson Jeffers and a Galaxy or Writers,* ed. William B. Thesing. South Carolina: UP of South Carolina, 1995. 122-134.

Cronon, William, *Uncommon Ground: Toward Reinventing Nature.* New York: Norton, 1995/1996.

Devall, Bill and Sessions, George. *Deep Ecology.* Salt Lake City: Gibbs Smith, Publisher, 1985.

Eagleton, Terry. *Literary Theory.* Minneapolis: Minnesota UP, 1984.

Elder, John. *Imaging the Earth: Poetry and the Vision of Nature.* 2nd edition. Athens: Georgia UP, 1996.

Evernden, Neil. "Beyond Ecology: Self, Place, and the Pathetic Fallacy." *The North American Review* 263 (Winter 1978).

Ferber, Michael. *The Cambridge Introduction to British Romantic Poetry.* Cambridge: Cambridge UP, 2012.

Foot, Paul. *Red Shelley.* London: Bookmarks, 1988.

Fox, Warwick. *Toward a Transpersonal Ecology: Developing New Foundations for Environmentalism.* Boston: Shambhala, 1990.

Fromm, Harold. "From Transcendence to Obsolescence: A Route Map." *The Ecocriticism Reader: Landmarks in Literary Ecology.* 30-39.

Gallant, Christine. *Shelley's Ambivalence.* New York: St. Martin's Press, 1989.

Gelpi, Albert. "Introduction: Robinson Jeffers and the Sublime." *The Wild God of the World: Robinson Jeffers.* Stanford: Stanford UP, 2003. 1-19.

Gifford, Terry. "Gary Snyder and the Post-Pastoral." *Ecopoetry: a Critical Introduction,* ed. J. Scott Bryson. Salt Lake City: Utah UP, 2002. 77-87.

Glaser, Kerk. "Desire, Death, and Domesticity in Jeffers's Pastorals of Apocalypse." *Robinson Jeffers: Dimensions of a Poet.* 137-176.

Glotfelty, Cheryll. "Introduction." *The Ecocriticism Reader: Landmarks in Literary Ecology.* Georgia: Georgia UP, 1996. xv-xxxvii.

Gonnerman, Mark. *On the Path, Off the Trail: Gary Snyder's Education and the Makings of American Zen.* Diss. of Stanford University, 2004.

___. *A Sense of the Whole: Reading Gary Snyder's Mountains and Rivers Without End.* Berkeley: Counterpoint Press, 2015.

Gray, Timothy. "Explorations of Pacific Rim Community in Gary Snyder's *Myths & Texts." Sagetrieb,* 18 (1999), 87–128.

Hall, Spencer. Ed. *Approaches to Teaching Shelley's Poetry.* New York: MLA, 1990.

Heise, Ursula K. *Sense of Place and Sense of Planet: The Environmental Imagination of the Global.* New York: Oxford UP. 2008.

Herndl, Carl G. and Brown, Stuart C. "Introduction." *Green Culture: Environmental Rhetoric in Contemporary America.* Wisconsin: The Wisconsin UP. 1996.

Holmes, Richard. *Shelley: The Pursuit.* New York: New York Review of Books, 1994.

Howarth, William. "Some Principles of Ecocriticism." *The Ecocriticism Reader: Landmarks in Literary Ecology.* 69-91.

Hugan, Grahham. and Helen Tiffin. *Postcolonial Ecocriticism: Literature, Animals, Environment.* Routledge, 2010.

Hunt, Anthony. ""Bubbs Creek Haircut": Gary Snyder's "Great Departure" in *Mountains and Rivers Without End.*" Western American Literature, 15.3 (Fall 1980), 163–179.

_____. ""The Hump-backed Flute Player": The Structure of Emptiness in Gary Snyder's *Mountains and Rivers Without End.*" *ISLE: Interdisciplinary Studies in Literature and Environment,* 1.2 (Fall 1993), 1–23.

_____. "Singing the Dyads: The Chinese Landscape Scroll and Gary Snyder's *Mountains and Rivers Without End",* Journal of Modern Literature, 23 (Summer 1999), 7–34.

Jeffers, Una. *Visits to Ireland.* LA: Ward Ritchie, 1954.

Joplin, David D. "The Deep Ecology of "Nutting": Wordsworth's Reaction to Milton's Anthropocentrism." *English Language Note* pp. xxxv; ii(Dec. 1997). 18-27.

Kang, Yong-ki. *Poststructuralist environmentalism and beyond: Eco-consciousness in Snyder, Kingsolver and Momaday.* Diss. of Indiana University of Pennsylvania, 1996.

_____. "The Politics of Deconstruction in Snyder's "Ripples on the Surface"." *American Studies.* 17 (1997): 93-115.

Karman, James. *Robinson Jeffers: Poet of California.* Brownsvill: Story Line Press, 1995.

Keach, William. "Shelley's Workmanship of Style." *Approaches to Teaching Shelley's Poetry,* ed. Spencer Hall. New York: MLA, 1990. 54-58.

Keats, John. *Keats: The Complete Poems,* ed. Miriam Allott. Longman, New York: 1986.

Kern, Robert. "Mountains and Rivers Are Us: Gary Snyder and the Nature of the Nature of Nature." *College Literature* 27 (2000): 119–138.

Killingsworth, M. J. and Jacqueline S. Palmer. "Millennial Ecology; The Apocalyptic Narrative from *Silent Spring to Global Warming."* *Green Culture: Environmental Rhetoric in Contemporary America,* eds. Herndl, Carl G. and Brown, Stuart C., Wisconsin: The Wisconsin UP. 1996.

Kim, Eun-Seong. *The politics of nature in the works of Robinson Jeffers and Gary Snyder.* Diss. of Indiana University of Pennsylvania, 2002.

Lavazzi, Tom, "Pattern of Flux: Sex, Buddhism, and Ecology in Gary Snyder's Poetry." *Sagetrieb* 8:1-2(Spring and Fall, 1989): 41-68.

Leavis, F. R. and Denys Thomson. *Culture and Environment: The Training of Critical Awareness.* London: Chatto and Windus, 1933.

Leopold, Aldo. *A Sand County Almanac.* New York: Ballantine Books, 1966.

___. "The Land Ethic." Environmental Philosophy: From Animal Rights to Radical Ecology, eds. Zimmerman, Michael E., et al. N. J.: Prentice Hall, 1998. 102-115.

Love, Glen A. "Revaluing Nature: Toward an Ecological Criticism," *The Ecocriticism Reader: Landmarks in Literary Ecology.* 1990. 225-240.

___. *Practical Ecocriticism.* Charlottesville and London: Virginia UP, 2003.

Lovelock, James. *Gaia: A New Look at Life on Earth.* Oxford: Oxford UP, 1987.

Lyon, Thomas J. "A Taxonomy of Nature Writing." *The Ecocriticism Reader: Landmarks in Literary Ecology.* 276-281.

Martin, Julia. "The Pattern Which Connects: Metaphor in Gary Snyder's Later Poetry." *Western American Literature,* 22.2 (August 1987): 99–123.

___. "Practical Emptiness: Gary Snyder's Playful Ecological Work." *Western American Literature* 27(1) 1992: 3-19.

Matthiessen F. O. *American Renaissance.* New York: Oxford UP, 1941.

Meador, Roy. "The Pittsburgh Years of Robinson Jeffers." *Pennsylvania State University library article (January 1980):* 18-30.

Merchant, Carolyn "Reinventing Eden: Western Culture as a Recovery

Narrative." *Uncommon Ground: Rethinking the Human Place in Nature,* ed. William Cronon, New York: W. W. Norton, 1995.

Miall, Davis S. "Locating Wordsworth: "Tintern Abbey" and the Community with Nature." *Romanticism on the Net,* Numéro 20, novembre 2000. http://id.erudit.org/iderudit/005949ar,DOI : 10.7202/005949ar.

Milosz, Czeslaw. *Visions from San Francisco Bay.* Trans. Richard Lourie. New York: Farrar, 1982.

Miller, Alan S. *Gaia Connections: An Introduction to Ecology, Ecoethics, and Economics.* 2nd Ed. Lanham: Rowman & Littlefield Publishers, Inc., 2003.

Monjian, Mercedes Cunningham. *Robinson Jeffers: A Study in Inhumanism.* A Prologue Edition. Pittsburgh: University of Pittsburgh Press. 1958.

Morton, Timothy. *Shelley and the Revolution in Taste: The Body and the Natural World.* New York: Cambridge UP, 1994.

——. "Nature and Culture." *The Cambridge Companion to Shelley.* Cambridge: Cambridge UP, 2006. 185-207.

——. *Shelley.* Cambridge: Cambridge UP, 2008.

——. *The Ecological Thought.* Cambridge: Harvard UP, 2012.

Murphy, Patrick D. *Critical Essays on Gary Snyder.* Boston: Hall, 1990.

——. *Understanding Gary Snyder.* Columbia: University of South Carolina, 1992.

——. *Ecocritical Explorations in Literary and Cultural Studies: Fences, Boundaries, and Fields.* Rexington Books, 2010.

Naess, Arne. "The Shallow and the Deep, Long-Range Ecology Movement. A Summary." *Inquiry* 16(1973): 95-100.

Notopolos, James. *The Platonism of Shelley; A Study of Platonism and the Poetic Mind.* Durham: Duke UP, 1949.

Oelschlaeger, Max. *The idea of wilderness: From Prehistory to the Age of Ecology.* New Haven, CT: Yale UP, 1991.

Oerlemans, Onno. "Shelley's Ideal Body: Vegetarianism and Nature." *SiR* 34. 4 (Winter 1995): 530-552.

O'Neill, Michael. *The All-Sustaining Air: Romantic Legacies and Renewals in British, American and Irish Poetry since 1900.* Oxford:

Oxford UP, 2007.

___. & Madeleine Callaghan. *Twentieth-Century British and Irish Poetry.* West Sussex: Blackwell, 2011.

Payne, Daniel G. "Emerson, Thoreau, and Environmental Reform." *Voices in the Wilderness.* Hanover: New England UP, 1996. 29-50.

Perkins, David. *A History of Modern Poetry: Modernism and After.* Cambridge: Harvard UP, 1987.

Plato. "Symposium." *Plato: The Man and His Work,* ed. A. E. Taylor. Second Edition. London: Methuen & Co. Ltd: 1927. 209-234.

Pottle, Frederick A. "The Case of Shelley." *English Romantic Poets: Modern Essays in Criticism,* ed. M. H. Abrams. Oxford: Oxford UP, 1975.

Quigley, Peter. "Carrying the Weight: Jeffers' Role in Preparing the Way for Ecocriticism." *Jeffers Studies* 6.2 (2002): 1-23.

Radkau, Joachim. "The Age of Ecology: A New Enlightenment." *Proceedings of The 3rd World Humanities Forum 2014:* 97-104.

Rieger, James. "Orpheus and the West Wind." *Percy Bysshe Shelley: Modern Critical Views 54.* Ed. Harold Bloom. New York: Chelsea House, 1985. 57-71.

Russell, Burtrand. *History of Western Philosophy and its Connection with Political and Social Circumstances from the Earliest Times to the Present Day.* 2nd Ed. London; Boston: George Allen & Unwin, 1961.

Sachs, Wolfgang. *Global Ecology: A New Arena of Political Conflict.* London: Zed Books, 1995.

Salleh, Ariel. "Class, Race, and Gender Discourse in the Ecofeminism/ Deep Ecology Debate." *Environmental Ethics.* 15(1993): 225-244.

Schuler, Robert Jordan. *Journeys toward the Original Mind: The Longer Poems of Gary Snyder.* New York: Peter Lang, 1994.

Scrivener, Michael H. *Radical Shelley: The Philosophical Anarchism and Utopian Thought of Percy Bysshe Shelley.* Princeton: Princeton UP, 1982.

Sherman, Paul. "From Lookout to Ashram: The Way of Gary Snyder." *Iowa Review* 1:3(summer, 1970): Part I.

Slovic, Scott. "Nature Writing and Environmental Psychology: The Interiority of Outdoor Experience." *The Ecocriticism Reader: Landmarks in Literary Ecology.* 351-370.

Snyder, Gen. "What I Have Learned." *Gary Snyder: Dimensions of A Life,* ed. Jon Halper. San Francisco: Sierra Club, 1991. 142.

Soldofsky, Alan. "Nature and the Symbolic Order." *Robinson Jeffers: Dimensions of a Poet.* 177-203.

Spanckeren, Kathryn Van. *Outline of American Literature: Revised Edition.* The United States Department of State. Global Publishing Solutions, 2009.

Sperry, Stuart M. *Shelley's Major Verse: The Narrative and Dramatic Poetry.* Cambridge: Harvard UP, 1988.

Spretnak, Charlene. "The Spiritual Dimension of Green Politics." *Key Concepts in Critical Theory: Ecology,* ed. Carolyn Merchant. New York: Humanity Books, 1999. 299-308.

Stenning, Henry J. *The Shelley Companion: A Selective Anthology.* London: The Saturn Press, 1947.

Thompson. E. P. *The Making of the English Working Class.* New York: Vintage, 1963.

Thoreau, Henry David. *Walden: Life in the Woods,* ed. Jeffrey S. Cramer. US: Yale UP, 2004.

Tomalin, Claire. *Shelley and His World.* New York: Charles Scribner's Sons, 1980.

Tucker, M. Evelyn. "The Potential of Confucian Values for Environmental Ethics." *Proceedings of the Environmental Security Conference on Cultural Attitudes about the Environment and Ecology, and their Connection to Regional Political Stability,* ed. Leek, K. Mark. Columbus: Battelle P, 1998a.

Ueki, Masatoshi. *Gender Equality in Buddhism.* New York: Peter Lang, 2001.

Vardamis, Alex. "In the Poet's Lifetime." *Robinson Jeffers: Dimensions of a Poet.* 19-29.

Vargo, Lisa. "Unmasking Shelley's Mask of Anarchy." *English Studies* in Canada 13.1 (1987): 49-64.

Wasserman, Earl R. *Shelley: A Critical Reading.* Baltimore and London:

The Johns Hopkins UP. 1977.

Webb, Timothy. *Shelley: A Voice Not Understood.* Manchester: Manchester UP, 1977.

Weston, Anthony. "Beyond Intrinsic Value: Pragmatism in Environmental Ethics." *Environmental Ethics* 7(1985): 321-38.

White, Newman Ivey. *Portrait of Shelley.* Michigan: Michigan UP, 1968.

Wood, Michael. *Yeats and Violence.* Oxford: Oxford UP, 2010.

Wordsworth, William. *Poetical Works.* Eds. Thomas Hutchinson and Ernest de Selincourt, Oxford: Oxford UP, 1969.

Worster, Donald. *Nature' Economy: The History of Ecological Ideas.* Cambridge: Cambridge UP. 1998.

Wroe, Ann. *Being Shelley: The Poet's Search for Himself.* New York: Pantheon Books, 2007.

Yamazato, Katsunori. *Seeking a Fulcrum: Gary Snyder and Japan(1956-1975).* Diss. of University of California, Davis. 1987.

___. "Kitkitdizze, Zendo, and Place: Gary Snyder as a Reinhabitory Poet." *The ISLE Reader: Ecocriticism, 1993-2003.* Eds. Michael P. Branch and Scott Slovic. Athens: The UP of Georgia, 2003. 10-21.

Yeats, W. B. *The Collected Works of W. B. Yeats,* ed. George Mills harper, Richard Finneran and William H. O'Donnell, 14 vols, New York: Scribner, 1989-2006.

Zaller, Robert. *The Cliffs of Solitude: A Reading of Robinson Jeffers.* Cambridge: Cambridge UP. 2003.

Zimmerman, Michael E. *Contesting Earth's Future: Radical Ecology and Postmodernity.* Berkeley: California UP, 1994.

"Tor House." Robinson Jeffers Tor House Foundation, 1978. Web. June, 2020.